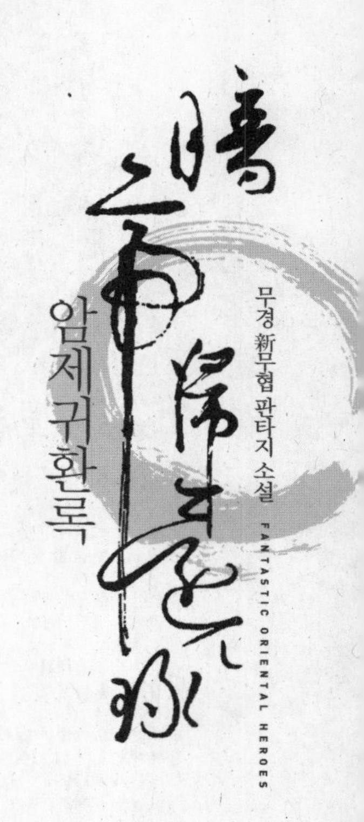
무경 新무협 판타지 소설
암제귀환록
FANTASTIC ORIENTAL HEROES

암제귀환록 2

무경 新무협 판타지 소설

초판 1쇄 찍은 날 § 2014년 5월 27일
초판 1쇄 펴낸 날 § 2014년 6월 3일

지은이 § 무경
펴낸이 § 서경석

편집부장 § 권태완
편집책임 § 정수경

펴낸곳 § 도서출판 청어람
등록번호 § 제387-1999-000006호
등록일자 § 1999. 5. 31
어람번호 § 제2-2503호

주소 § 경기도 부천시 원미구 부일로 483번길 40 서경B/D 3F (우) 420-822
전화 § 032-656-4452 팩스 § 032-656-4453
http://www.chungeoram.com
E-mail § chungeorambook@daum.net

ISBN 979-11-316-9056-7 04810
ISBN 979-11-316-9054-3 (세트)

암제귀환록 2

무경 新무협 판타지 소설

FANTASTIC ORIENTAL HEROES

암제귀환록

目
次

1장

뒷정리

흰 눈이 장독 위로 소복이 쌓이고 있었다.

현검문의 장원은 고요했다.

이따금 초겨울의 찬바람이 문짝을 흔들고 가긴 했지만 그것도 잠시뿐이었다.

마당을 비질하는 말단 제자들만이 부산히 움직이고 있었다.

드르륵.

현유린이 방에서 나온 것은 정오경의 일이었다.

그녀는 눅눅해진 물수건이 담긴 그릇을 두 손으로 다소

곳이 쥐고 있었다.

"월이는 좀 어떻더냐."

마당 쪽에서 들려온 목소리.

현무량이 그녀를 바라보고 있었다.

대답하기에 앞서 그녀의 시선이 아버지의 어깨를 훑었다.

아들이 있는 방에 들어가지도 못한 채 마냥 서 있기만 했던 듯, 현무량의 어깨 위로는 꽤나 두텁게 눈이 쌓여 있었다.

"아직 눈을 뜨지 못했어요."

"그렇구나."

"날도 쌀쌀한데 아버지도 들어가서 좀 쉬세요."

현무량은 고개를 저었다.

"난 괜찮다."

현유린은 안쓰러운 눈으로 아버지를 바라봤다.

절연을 선언했다는 이유 하나만으로, 사경을 헤매는 아들이 있는 방에 들어가지도 못하는 아버지.

그럼에도 걱정만큼은 태산 같아서 방 바깥을 계속 서성이고 있다.

어찌 보면 참으로 답답한 모습이다. 그깟 절연 선언 따위가 무엇이라고.

그렇다고 목소리를 높여 따질 수도 없는 현유린이었다.

지금 현무량은 그 누구보다 스스로를 책망하고 있을 테니까.

그녀는 미지근해진 물을 버리고 주변에 쌓인 눈을 그릇에 담았다.

그 눈 더미에 물수건을 담그고는 다시 방으로 들어갔다.

현월은 죽은 듯이 누워 있었다.

군불을 떼지 않았는데도 방 안은 후끈했다.

그 열기는 모조리 현월에게서 흘러나오고 있었다.

'오라버니.'

현월을 응시하는 현유린의 눈망울이 촉촉해졌다.

그들이 발견했을 때 현월은 이미 인사불성의 상태였다.

하나만으로도 사경을 헤맬 법한 치명상이 다섯 개였고 의식이 반쯤 없었다.

상처로부터 흘린 피 역시 엄청났기에 서 있는 것 자체가 기적으로 보일 지경이었다.

홀로 녹림도 이백 명과 맞선 대가였다.

천중산의 녹림맹은 궤멸에 가까운 타격을 입었다.

백자경을 비롯한 대부분의 수뇌는 그 자리에서 목숨을 잃었고, 겨우 살아남은 이들도 뿔뿔이 흩어져선 주변의 산에 숨어버렸다.

현검문조차 할 수 없었던 일을, 현월은 홀로 해낸 것이다.

'그게 다 무슨 소용이란 말이야?'

현유린은 입술을 질끈 깨물었다.

지금처럼 현월이 야속하게 느껴진 적은 없었다.

'도와달라고 했어야죠. 힘을 보태달라고 했어야죠. 어떻게든 우리를 설득했어야죠.'

그랬다면 현월은 죽기 직전까지 몰리지도 않았으리라.

현검문도 다소간의 피해는 있을지언정 녹림맹 무리를 무찔렀으리라.

그러나 현월은 홀로 맞서는 것을 택했다.

그 유약하던 오라비가 어떻게 이 정도로 강해졌는지, 현유린은 상상조차 할 수 없었다.

어쩌면 천고의 기연을 얻었을지도 모른다.

가능성은 낮지만 그간 본 실력을 숨겼던 것인지도 모른다.

하나 그중 어느 쪽이냐가 중요한 게 아니었다.

중요한 건 그녀가, 현검문이 오라비에게 신뢰조차 주지 못하는 존재란 점이었다.

그 점이 미안하고 야속했다.

그릇 안의 눈은 벌써 반쯤 녹아 있었다.

방 안의 열기는 현유린의 이마와 볼에서도 땀이 송글거리게 만들었다.

그녀는 촉촉한 물수건을 꺼내 현월의 이마를 훔쳤다.

이윽고 얼굴과 목, 흉부와 두 팔을 정성스레 닦아냈다.

'백 의원님 말로는 앞으로 이틀간이 고비랬는데.'

결전 직후의 현월은 반 시체나 다름없었다.

그러나 수많은 상처에도 불구하고, 가장 큰 문제는 내공이 고갈됐다는 점이었다.

한계의 한계까지 내력을 짜내어 녹림도 이백을 베어 넘기는 데 사용한 것이다.

때문에 단전은 텅 빈 상태였고, 그대로 뒀다간 기력이 쇠해 절명할 수도 있었다.

현무량은 급히 여남 최고의 의원인 백 의원을 수배했고, 거금 수백 냥을 들여 각종 약재와 단약을 복용케 했다.

그리고 그 기운은 넘치다 못해 들끓어, 방 안을 열대지대로 만드는 중이었다.

엄밀히 말해 물수건으로 몸을 닦아봐야 별 의미는 없었지만, 현유린은 도저히 가만히 앉아 있을 수가 없었다.

"어머니도 걱정하고 계세요. 아버지도, 저도 마찬가지고요."

채여화는 반 시체가 된 현월을 보고는 그대로 혼절해 버렸다.

그녀로서는 상상도 하지 못할 일이었으리라.

현월의 몸을 닦으며 그녀는 연신 말을 걸었다.

인사불성의 현월이 조금이라도 반응했으면 하는 심정에서였다.

"일어나면 그동안 있었던 일들, 꼭 설명해 줘야 해요. 오라버니한테 묻고 싶은 게 너무 많아요."

말을 걸며 연신 현월의 몸을 닦다 보니 물수건과 그릇 안의 물은 이내 눅눅해졌다.

현유린은 다시 그릇을 들고서 바깥으로 향했다.

현월은 그 모든 상황을 느끼고 있었다.

'살아 있긴 한가 보다.'

꿈을 꾸는 듯한 기분이었다.

의식은 분명히 깨어 있고 주변의 상황도 인지가 되는데, 육체만큼은 깨어날 기미를 보이지 않았다.

'너무 많은 힘을 쏟았나.'

전력을 반감시켰다고는 해도 녹림도 무리는 너무 많았다.

본신의 실력을 모두 지녔다면 모르되, 암제로서의 힘을 일부만 되찾은 현월이 감당하기엔 지나치게 많은 숫자였다.

그럼에도 홀로 싸웠다.

난전에서 필요한 지식과 수단을 모조리 동원해서.

'어쩌면 그 자리에서 죽길 바랐던 건지도.'

놈들을 절반쯤 죽였을 땐 약간이지만 해방감을 느꼈다.

나머지 절반의 전력만으론 현검문을 어찌할 수 없다는 계산이 섰기 때문이다.

이제 죽어도 여한이 없다는 생각까지 들었다.

과거로 돌아온 것은 이 회한을 해소하기 위함일지도 모른다는 생각 역시.

그럼에도 놈들을 계속해서 베어 나갔다.

필사적으로 치명상을 피해가며, 달아나는 적까지 악착같이 쫓아가 베었다.

죽을 수 없다는 생각 역시 들었던 것이다.

이제 시작일 뿐이라는, 아직 아무것도 끝나지 않았다는 생각.

그 각오와 집념이 현월을 죽음에서 건져냈다.

현월은 체내를 살폈다.

그가 복용한 내단과 약재들은 이미 소화가 되어, 상당량의 진기가 몸 안을 감돌고 있었다.

다만 단전에 흡수되지는 못하고 있는 상황.

그 때문에 체온이 상승하여, 바깥으로 열기를 발산하는

형태가 되고 말았다.

현유린이 계속하여 물수건으로 몸을 식혀 주지 않았다면 고열로 인해 내장기관이 상했을 것이다.

'진기를 다스려야 한다.'

현월은 집중했다.

체내의 기운을 단전으로 끌어들여 흡수하려 노력했다.

그러나 반송장이나 다름없는 몸의 제어는 생각만큼 쉽지 않았다.

진기는 여전히 몸 곳곳을 날뛰고만 있을 따름이었다.

그 와중에도 현유린은 다시 돌아와 현월의 체온을 식히고 있었다.

남매의 고요한 싸움은 그렇게 흘러가고 있었다.

* * *

어둠이 내리깔린 밤.

내리는 눈도 멎고 몰아치는 삭풍도 잠잠해진 뒤였다.

문도들마저 돌아간 뒤인지라, 현검문의 장원 마당엔 현무량만이 외로이 서 있었다.

거의 이레 가까운 시간을 뜬눈으로 지새운 그였고, 무공으로 단련된 강인한 육체 역시 한계에 다다른 상태였다.

가까스로 눈꺼풀을 닫지는 않았지만 그것이 전부였다.

현무량은 거의 눈을 뜬 상태로 졸음에 잠겨 있었다.

때문에 소리 없이 방으로 향하는 흑의인의 존재를 감지해 내지 못했다.

흑의인은 조심스럽게 방문을 열었다.

미닫이인 문은 다행히 소음을 내지 않고서 열렸다.

방 안에는 현월과 현유린이 있었다.

현유린 역시 오랜 간호에 지친 모양인지 죽은 듯이 잠들어 있었다.

방 안의 공기는 제법 쌀쌀하면서도 축축했다.

보통 겨울 공기가 건조한 것을 생각한다면 이상한 일이었지만, 흑의인은 크게 개의치 않았다.

그의 시선은 현월의 얼굴에 고정되어 있었다.

현월은 겨우 죽음을 면한 듯이 보였다.

핼쑥했고 핏기 역시 없었는데, 그 와중에도 표정만큼은 평온해 보였다.

잠시 그 모습을 응시하던 흑의인이 품 안으로 손을 집어넣었다.

이윽고 그의 손아귀를 따라 날카로운 단도가 모습을 드러냈다.

흑의인은 소리 없이 현월에게 접근했다.

단도의 칼끝이 현월의 목젖으로 향했다.

조금만 더 가까이 대어 단번에 그어 버리면 발산개세(拔山蓋世)의 장사라도 절명을 피할 수 없으리라.

한 치, 반 치, 이윽고 칼날이 목젖을 저미려고 할 때였다.

파륵!

돌연 현월의 왼팔이 이불을 떨쳤다.

솟구친 이불을 한 바퀴 휘감으니, 단도와 그것을 쥐고 있는 손이 완벽하게 봉해졌다.

"……!"

당황한 흑의인이 단도를 당기려 했지만 꿈쩍도 하지 않았다.

그사이 힘과 내력이 한껏 실린 오른 주먹이 흑의인의 목에 꽂혔다.

"……!"

목울대가 박살 나며 몸 전체가 파르르 경련했다.

흑의인은 비명조차 지르지 못하고 절명했다.

현월은 핏발 선 눈으로 흑의인을 노려보다가 얼굴을 가린 두건을 찢듯이 벗겨냈다.

혀를 길게 빼문 중년인의 얼굴이 그곳에 있었다.

반격은 상상하지도 못한 듯, 부릅뜬 두 눈엔 경악이 가득했다.

현월은 흑의인의 시체를 옆으로 누이고는 가쁜 숨을 몰아쉬었다.

'하마터면 허무하게 죽을 뻔했다.'

중년인의 기척은 정말 감쪽같았다.

현무량도 현유린도 호락호락한 무인은 아니건만, 여기까지 접근하는데도 눈치채지 못했다.

극심한 피로 때문이라고는 해도 보통 실력으론 가당치 않을 일이다.

다만 현월이 깨어났다는 사실을 모른 것이 흑의인의 실책이었다.

현월의 열은 저녁쯤에 내렸다.

체내에서 날뛰던 진기를 가라앉힌 것이다.

현유린은 오라비의 차도가 나아졌다며 기뻐했고, 긴장이 풀린 모양인지 혼절하듯 잠들어 버렸다.

사실 현월은 그때 이미 완전히 깨어난 상태였다.

다만 육체 자체의 피로가 극심해 조금 더 쉬기로 결정했을 뿐이었다.

결국 한밤중에 이르기까지 가벼운 수면 상태에 있었다.

그것을 깬 것이 흑의인의 살기.

한껏 갈무리해 현무량도, 현유린도 눈치채지 못했지만 현월에겐 어림없었다.

'그건 그렇고, 처음 보는 얼굴인데.'

현월은 몸을 일으켜 흑의인을 뒤졌다.

필시 고도의 훈련을 받은 자객일 터. 그렇다면 그자를 보낸 배후가 있을 것이었다.

증거물은 오래지 않아 나왔다.

암살행을 꽤나 자신했던 듯 의뢰인으로부터의 서신이 남아 있었다.

서신이라고는 해도 백지였다.

잠시 그것을 응시하던 현월은 내력을 응용해 종이에다가 열을 가했다.

기기묘묘한 문양이 나타났다.

하나같이 처음 보는 형태.

아마도 의뢰인과 자객 사이에서만 통용되는 암호인 모양이었다.

"……."

잠시 고민하던 현월은 암살자의 몸을 들쳐 메고서 방문을 향해 걸었다.

힐끔 고개를 돌려 보니, 현유린은 그때까지도 곤히 잠들어 있었다.

그녀가 느꼈을 피로감이 어느 정도일지 가히 상상이 됐다.

"미안하다."

나직이 중얼거린 현월이 바깥으로 나왔다.

반쯤 졸고 있는 아버지의 뒷모습이 보였다.

현월은 꾸벅 목례를 하고는 집 밖으로 몸을 날렸다.

깨어났음을 알리고 가족들에게 그간의 이야기를 털어놓을 수도 있을 것이다.

그러나 현월은 아직 때가 아니라고 느꼈다.

'아무것도 끝나지 않았다.'

녹림도의 습격은 시작일 뿐.

현월의 궁극적인 목표는 아직까지도 서슬 퍼렇게 살아 숨 쉬고 있었다.

'혈교!'

암제가 사라졌다 하여 그들의 무림 토벌이 멈출까?

가당치도 않은 일이다.

어쩌면 현월을 대신할 새로운 암제가 지금 이 시각 만들어지고 있을지도 모를 일이었다.

그들이 있는 한, 또한 유설태가 눈을 빤히 뜨고 살아 있는 한 현월은 마음 놓고 죽을 수도 없었다.

물론 그전에도 해결해야 할 일이 있었지만.

현월은 암살자의 시체를 여남 외곽의 숲에다 숨겼다.

그런 후 암호문이 새겨진 서신을 챙기고서 여남의 암흑

가로 향했다.

한밤중의 암흑가는 제법 한산했다.

평소라면 노름꾼과 주정뱅이들이 북적거릴 시간대임에도.

현월은 소룡전포로 향했다.

유화란에게 금 노괴라 불렸던 노인은 전포 밖 의자에 앉아 꾸벅꾸벅 졸고 있었다.

"노인장."

현월이 부르니 금 노인이 두 눈을 끔뻑거렸다.

이윽고 그의 눈이 현월의 얼굴을 훑는가 싶더니…….

"히이익!"

외마디 비명과 함께 뒤로 나동그라졌다.

"귀신이라도 봤소?"

"귀, 귀신이라면 차라리 낫겠소이다."

금 노인의 말투는 놀란 것 치고는 공손했다.

유화란의 은인인 데다 사룡방주의 손님이란 것까지 알았을 테니 당연한 일이었지만.

현월은 그제야 뭔가 감이 잡히는 기분이었다.

암흑가가 평소보다 한산했던 것도, 아마 녹림맹의 궤멸이 그 이유인 듯했다.

"나에 대해 얼마나 알려졌소?"

눈치 빠른 금 노인은 현월의 말뜻을 단박에 이해했다.

"대외적으로는 현검문이 함정과 계략을 펼쳐 산적들을 물리쳤다고 알려졌지요. 하지만 알 법한 사람들은 모두 알고 있습니다. 그게 단 한 명의 손으로 이루어졌다는 것을 말입죠."

"그게 나라는 것도?"

"그렇소. 몇몇 입 가벼운 문도를 구워삶으니 단박에 답이 나오더구려. 그 일로 인해 여남의 거물들 대부분이 충격을 받았습니다."

하기야 홀로 녹림맹을 궤멸시킬 정도의 실력자는 여남을 통틀어도 다섯 손가락 안에 들 것이다.

그 정도의 강자가 급작스레 등장했으니, 기존의 큰손들은 긴장할 수밖에 없을 터였다.

"그런데 벌써 나오신 겁니까? 듣기로는 초주검 상태였다는데."

현월은 쓴웃음을 지었다.

그것까지 알려졌다면 자객의 배후를 밝히기가 한층 힘들겠단 생각이 들었다.

자라나는 신성을 짓밟고픈 이들이야 지천에 깔렸을 테니.

"오늘 밤 손님이 다녀갔소."

금 노인은 이번에도 단박에 이해했다.

"간도 큰 놈이군요. 현검문을 적으로 돌리려 하다니. 그 자객은 생포했답니까?"

"죽었소."

현월은 서신을 내밀었다.

"이런 걸 가지고 있더군."

백지를 잠시 살피던 금 노인은 이내 전포 안으로 들어가 호롱불을 가져왔다.

그것에 백지를 갖다 대니 현월이 보았던 것과 같은 암호문이 나타났다.

"해석할 수 있겠소?"

"물론입니다. 여남의 암흑가에 공공연히 퍼져 있는 암호이니까요. 그런데……."

금 노인이 난감한 표정을 지었다.

"이 의뢰를 맡은 자객은 소속이 없는 것으로 보입니다. 보통 소속을 지닌 자객들은 직접 서신을 받거나 하진 않으니 말입죠."

금 노인이 구태여 이 말을 하는 것은 선을 긋기 위함이었다.

자객이 이번 암살행을 맡은 것은 개인의 뜻일 뿐, 암흑가의 뜻이 아님을 말하려는 것이다.

이는 그만큼 현월의 입지가 단박에 커져 버렸음을 뜻하는 것이기도 했다.

"관련 조직에 대해선 묻지 않겠소. 알고 싶은 건 의뢰자뿐이니까."

"과연 말이 통하는 분이시군요."

금 노인이 안도한 기색으로 말을 이었다.

"의뢰자는 자신의 정체가 발각될 만한 말을 남겨놓진 않았습니다. 다만 막대한 거금을 약속했으며, 이것이 아들이 당한 굴욕을 복수하는 일이라고 설명해 놓았군요."

거금을 운용할 수 있는 재력.

굴욕을 당한 아들.

현월의 머릿속에서 이내 한 사람의 이름이 떠올랐다.

"백구용."

* * *

쾅!

일 장 높이의 대문이 굉음과 함께 뜯겨 나갔다.

경첩부터 뜯겨진 대문짝은 무언가에 격타당한 듯 삼 장 가까이를 날아가 사랑채 마루에 부딪쳐 산산이 박살 났다.

"뭐, 뭐야!"

"무슨 일이냐!"

하인과 외당의 무인들이 헐레벌떡 뛰어나왔다.

곤히 자고 있다가 봉변을 당한 탓에 하나같이 속옷 바람에 눈을 비비고 있었다.

현월은 그 안으로 걸어 들어갔다.

"저건 대체 뭐하는 새끼야?"

"미친놈인가?"

무인들은 하나같이 어이없다는 눈치였다.

아닌 밤중에 홍두깨라더니, 웬 애송이 같은 놈이 혈혈단신으로 문짝을 박살 내며 나타난 것이다.

그러나 그 와중.

단 한 사람만은 새하얗게 질린 채 바르르 떨고 있었다.

"네, 네놈……!"

백구용이었다.

그는 귀신이라도 본 듯한 표정으로 현월을 바라보며 부들거렸다.

그것에 반응한 이는 푸짐한 체격의 중년인이었다.

백구용의 얼굴을 죽 잡아 늘리고 주름만 더한다면 딱일 듯한 생김새였다.

"구용아, 아는 놈이더냐?"

"그, 그놈입니다. 제 얼굴을 이 꼴로 만들어놓은 개자식이라고요, 아버지!"

중년인, 백구용의 아비이자 여남의 세도가 중 한 명인 황금공(黃金公) 백마달도 그제야 미간을 일그러트렸다.

"망할. 실력 있는 놈인 줄 알았더니 실패한 건가?"

그러나 걱정하는 눈치는 결코 아니었다.

오히려 홀로 나타난 현월을 보며 코웃음을 쳤다.

"흥. 기고만장하기 짝이 없는 놈이군. 고작 자객 하나를 해치운 것 가지고 기가 살아서는 여기까지 쳐들어온 것이냐?"

백마달이 손짓하자 무인들과 하인들이 현월을 포위했다.

그들의 숫자는 물경 삼십.

더군다나 하나하나가 일개 녹림도와는 비교를 불허하는 실력이었다.

"고작 산적 몇 놈 해치운 것 가지고 대단한 걸물이라도 된 양 착각하는 모양인데, 네놈 따위를 두려워할 이 백마달이 아니다."

현월은 대꾸하지도 반응하지도 않았다.

그저 차분한 눈으로 백구용 한 명만을 노려보고 있을 따름이었다.

"으, 으으으……."

그 시선을 고스란히 받은 백구용이 사시나무처럼 몸을

떨었다.

아직 아물지 않은 턱 관절에서 엄청난 격통이 느껴졌다.

현월에게 두 번이나 박살 났던 부위였다.

최고의 의원과 값비싼 약재로도 완치할 수 없던 상처였다.

몸을 떠는 백구용의 입에서 거품 같은 침이 흘렀다.

그제야 백마달도 뭔가 이상하다는 것을 느꼈다.

"구용아, 대체 왜 그러는 것이냐?"

"끄르르륵."

대답 대신 게거품을 쏟으며 백구용이 쓰러졌다.

백마달은 당황하여 입만 벙긋거리다가 뒤늦게 현월을 돌아봤다.

"네놈, 무슨 짓을 한 거냐!"

"그저 바라봤을 뿐이오."

현월의 말은 반만 옳았다.

그저 바라보기만 했다고 해도, 그 시선에 막대한 살기를 담았다면 얘기가 달랐던 것이다.

과거로 돌아온 지금도 고스란히 지니고 있는 것, 그것은 바로 암제로서 지녔던 끝을 알 수 없는 살기였다.

극한의 살기는 그 자체만으로도 상대방의 생명력을 소모시킨다.

하물며 두 차례나 현월의 무위를 몸에 새긴 백구용이라면 말할 것도 없다.

놈은 아마 평생 밤을 두려워하게 될 것이다.

주먹을 꾹 움켜쥔 백마달이 소리쳤다.

"놈을 죽여라!"

그러나 그 외침에 가장 먼저 반응한 것은 무인들이 아닌 현월이었다.

현월은 곧장 월령보를 펼쳤다.

어느 정도 내력이 돌아온 상태였기에 보법을 펼치는 데 있어선 하등의 문제도 없었다.

현월의 신형이 어둠에 파묻혔다.

화들짝 놀란 무인들이 뒤늦게 횃불을 켰지만, 현월은 이미 그 자리에 없었다.

"허억!"

숨넘어가는 소리가 무인들의 고개를 돌아가게 했다.

그들의 시선이 쏠린 곳에는 백마달의 목을 움켜쥐고 있는 현월이 있었다.

"저들 모두를 상대하지는 못하겠지만 이 정도는 할 수 있지."

"컥, 커억."

"아들과 똑같은 꼴이 되고 싶소?"

현월의 손아귀에 약간 더 힘이 가해졌다. 백마달의 두 눈이 튀어나올 듯 부릅떠졌다.

"끄으으윽!"

"이 새끼가!"

"그 손 치우지 못하겠느냐!"

무인들이 이러지도 저러지도 못한 채 목소리만 높였다.

현월은 싸늘한 시선으로 그들을 훑고는 한마디를 툭 던졌다.

"한마디만 더 하면 이자는 죽는다."

"……!"

무거운 적막이 내려앉았다.

그들 모두가 내심 현월의 말이 허세가 아님을 느꼈던 것이다.

현월은 손아귀에 힘을 약간 푼 채로 백마달을 노려봤다.

그제야 백마달은 왜 아들이 미친놈인 양 거품을 물고 쓰러졌는지 이해할 수 있었다.

사람의 눈으로 만들어진 무저갱이 그곳에 있었다.

"너와 네 아들을 지금 죽이진 않는다. 그러나 현검문과 내 가족에게 약간의 위해라도 가할 시에는, 다시 돌아와 네 가족과 관련된 모든 자들의 씨를 말려 버리겠다."

"……."

그걸로 충분하다는 듯 현월이 손을 뗐다.

무인들이 백마달의 눈치를 살폈지만 백마달은 현월이 있던 허공만을 핏발 선 눈으로 응시하고 있었다.

마치 혼이 빠져 나간 듯한 모습.

현월은 그런 백마달을 내버려 둔 채 몸을 돌렸다.

무인들은 여전히 포위망을 굳히고 있었지만, 현월을 공격할 엄두를 내지 못했다.

현월이 걸어 나갔다.

무인들은 연신 백마달을 힐끔거리며 명령이 주어지길 바랐지만 백마달은 여전히 얼이 빠져 있는 모습이었다.

결국 무인들은 포위망을 풀 수밖에 없었다.

기실 그들로서도 현월과 맞서는 것은 꺼려지는 일이었던 것이다.

금 노인의 말마따나, 현월이 녹림맹을 격파했다는 것은 이미 공공연히 알려진 사실이었다.

때문에 무인들은 뼛속 깊이 실감하고 있었다.

현월과 싸우게 된다면 그들 중 대부분이 목숨을 걸어야 하리라는 것을.

현월의 모습이 어둠 너머로 사라졌다.

2장

무림맹의 초청

현월은 여남의 암흑가를 걸었다.

시간은 어느덧 묘시에 접어들어 동쪽 산등성이 위로 햇살이 넘실거리고 있었다.

여느 때보다 적은 취객과 노름꾼들마저 판을 접고는 하나둘 거리를 떠나는 중이었다.

그 모습을 가만히 보고 있자니 몸 곳곳이 욱신거렸다.

"……."

현월은 미간을 찌푸린 채 격통을 참았다.

움직일 수 있을 정도로 회복되었다고는 해도 완치된 것

은 아니었다.

가장 큰 문제였던 내력 고갈은 해소되었지만 몸 곳곳에 아로새겨진 검상과 찰상이 아물려면 꽤나 시간이 필요할 것이다.

그런 마당에 자객의 습격까지 받아 무리하게 되었으니, 현월로선 정말 죽을 맛이었다.

그 와중에도 걸음은 멈추지 않았다.

어쨌든 대강 뒷정리가 끝났으니 집으로 돌아갈 필요가 있었다.

현검문의 장원에 다다랐을 때, 때마침 현유린이 밖으로 뛰쳐나오고 있었다.

"오라버니!"

그녀는 울음을 터트릴 것 같은 표정이었다.

막 잠에서 깬 모양인지 얼굴에는 이불에 눌린 자국이 남아 있었다.

"대체 어디에 갔다 오신 거예요! 몸도 성하지 않으면서!"

다그치는 말투에도 현월은 웃음이 나왔다.

미안한 마음이 들긴 했지만, 그보다는 차오르는 안도감이 더욱 컸다.

"걱정했나 보구나."

"당연하죠! 그걸 말이라고 하세요?"

"미안하다. 몸이 뻐근해서 잠깐 산보 좀 하자는 게 이렇게 됐구나."

현월이 선선히 사과하자 현유린도 흥분을 가라앉혔다.

"몸은 좀 괜찮아요? 열이 무척 심했는데……."

"가라앉은 것 같다. 상처가 좀 남긴 했지만 참을 만하고."

"그래요."

"음."

남매는 약속이라도 한 듯 입을 다물었다.

하고 싶은 말, 묻고 싶은 말이 너무나 많기에 도리어 말이 나오질 않았다.

현유린은 어디서부터 질문해야 할지 알 수가 없었다.

집으로 돌아온 이후 현월의 모든 행보는 수수께끼투성이였던 것이다.

현월로서도 난감한 것은 마찬가지였다.

언제까지고 그의 비밀을 숨기고 얼버무릴 수만은 없었기 때문이다.

'언젠가는 회귀대법에 대해 설명해야 할지도. 하지만 그렇다면 무림맹과 유설태, 혈교에 얽힌 이야기까지 설명해야 할 텐데.'

그걸 믿고 말고는 둘째 치고, 설명하는 데만도 한나절은

족히 필요로 할 것이다.

그때 현무량이 둘에게 다가왔다.

“깨어났더냐.”

“예.”

현무량의 두 눈은 붉게 충혈되어 있었다.

그간의 피로와 긴장이 어떠했을지 족히 짐작되는 부분이었다.

그럼에도 불구하고, 그의 표정은 평소보다도 한층 엄격했다.

“강해졌더구나. 네 동생이나 이 아비보다 강해진 듯한데, 무언가 특출한 기연이라도 얻었던 것이냐?”

“비슷합니다.”

“하나 그럼에도 불구하고 죽을 뻔했다는 것은 스스로도 잘 알고 있겠지?”

“그렇습니다.”

잠시 침묵하던 현무량이 표정을 굳히며 물었다.

“홀로 놈들에게 맞선 것은 이 아비에 대한 반항이었더냐? 네 말을 듣지 않은 이 아비를 천하의 웃음거리로 만들고자 함이었더냐?”

“아버지!”

현유린이 외쳤지만 현무량은 꿈쩍도 하지 않았다.

바위 같은 태도로 현월을 응시하고 있을 뿐.

현월은 담담한 어조로 대답했다.

"그런 것은 아니었습니다. 다만 이 일은 저 홀로 맞서야 한다고 생각했습니다."

"네 능력을 가족에게 증명하기 위해서 말이냐?"

"그것도 어느 정도는 있었습니다만, 그보다는 더 큰 이유가 있었습니다."

"지난번에 말했던, 말할 수 없는 사정과 관련된 것이더냐?"

"예."

현무량은 눈을 질끈 감았다가 떴다.

현유린은 평소 거인처럼 느껴지던 아버지의 어깨가 유달리 왜소해 보인다는 걸 깨달았다.

"나 역시 놈들의 습격에 대해 알고 있었다. 그에 대비하여 무림맹과 여러 문파에 도움을 요청했었지. 그러나 그날 밤 우리를 위해 찾아온 이는 아무도 없었다."

"……."

"네 말이 옳았던 건지도 모르겠구나. 어쩌면 그간 내가 들였던 모든 노력이 허상에 불과했는지도 모르겠다."

현무량은 씁쓸한 말을 남기고서 몸을 돌렸다.

"날이 밝거든 안채에 들르도록 해라. 누구보다도 네 어머니가 가장 충격을 받았으니.”

“……알겠습니다.”

*　　*　　*

현검문이 원래대로 돌아가는 데엔 보름가량이 걸렸다.

녹림맹에 지레 겁을 먹어 탈퇴해 버린 문도도 부지기수였고, 관계를 끊은 가게나 문파도 여럿이었던 것이다.

현무량은 구차하게 매달리지 않았다.

고개 숙이고 사죄해 오는 이들은 받아들이되, 책임을 회피하며 변명하는 이들은 매몰차게 내쳤다.

그 과정에서 인간관계의 허망함에 다소 씁맛을 느꼈지만, 그는 이번 일을 교훈으로 삼기로 했다.

도움을 거절했던 문파들도 뒤늦게 사람을 보내 사과했다.

창피한 줄은 아는지 상당량의 재물을 곁들이기까지 했다.

현무량은 그 모두를 정중히 돌려보냈다.

그의 명망과 현검문의 위상이 높아졌음은 당연한 일이었다.

현월은 그 모든 것이 허상에 불과하다고 생각했지만, 문주인 아버지의 판단인 만큼 그에 대해 왈가왈부하진 않았다.

그러는 와중에도 무림맹에선 별다른 기별이 없었다.

그렇게 되니 현무량도 현월의 재입맹 건에서 완전히 손을 뗐다.

절연 선언 역시 유야무야되어 버렸다.

현월도 현무량도 그에 대해선 굳이 입에 담지 않았다.

그간 현월은 장원 바깥으로 한 발짝도 나가지 않았다.

현유린은 물론이고 채여화의 눈초리가 심상찮았던 것이다.

아예 다시는 나가지 못하도록 붙잡아둘 기세였다.

물론 현월로선 그런 취급을 받아도 할 말이 없는 일이었다.

초주검이 되어 돌아온 자신을 보고 어머니가 느꼈을 감정이란 어떠했을까.

그것을 생각해 보면 채여화나 현유린의 반응이 과잉이라고 볼 수만은 없는 일이었다.

'어차피 몸을 회복할 시간이 필요하기도 하고.'

암천비류공의 공능 덕분에 상처는 빠르게 치유되어 갔다.

죽음에 이를 정도였던 치명상들을 제외하면, 나머지 상

처는 이틀이 채 지나기 전에 완치되었다.

치명상들 역시 보름이 다 지나고 나니 얼추 치유되었다.

초월적인 회복력을 보며 모두가 놀란 것은 두말할 필요도 없었다.

그렇게 보름이 지난 시점.

현유린이 현월의 방을 찾아온 것은 정오경의 일이었다.

"무슨……."

무슨 일이냐고 물으려던 현월은 이내 입을 다물었다.

현유린의 손에 들린 물건을 보았기 때문이다.

두 자루의 목검.

그녀가 찾아온 이유 역시 알 것 같았다.

"비무실에서, 괜찮겠죠?"

"물론이다."

현유린이 목검 하나를 내밀었다.

"오라버니가 자주 쓰던 거예요."

현월은 목검을 받아 들었다. 손때가 잔뜩 묻은 손잡이의 감촉이 제법 생경했다.

자주 썼다고는 하나 어린 시절의 일.

물론 현재로부터 몇 년 전에 지나지 않았지만, 현월에게 있어선 이십 년을 훌쩍 넘는 오랜 과거의 일이기도 했다.

남매는 말없이 방을 나섰다.

비무실에 도착했을 때 현월이 입을 열었다.

“너와 비무를 하는 것도 실로 오랜만이구나.”

“그래요.”

현유린이 쓴웃음을 지었다.

오라비가 열 살 되던 무렵이었을 것이다.

그녀가 비무에서 오라비를 꺾은 것이.

그 후로도 몇 번을 더 싸웠지만 번번이 그녀가 승리했고, 오라비는 검술에 대한 열정을 잃었다.

‘그것이 항상 미안하고 안타까웠었어요.’

거의 십 년이 다 되어가는 일.

다시 비무실에서 마주보게 된 오라비는 이전과는 전혀 다른 존재가 되어 있었다.

“시작하자꾸나.”

“네.”

현유린은 명치 높이로 검을 세웠다.

언제라도 어느 방향으로든 진로가 가능한 무난한 검식이었다.

반면 현월은 목검을 자연스럽게 쥔 채로 손을 늘어트리고 있었다.

어느 모로 봐도 싸우겠다는 의지가 느껴지지 않는 모양새였다.

'하지만…….'

현유린은 겉모습에 현혹되지 않았다.

현월이 어쩌면 아버지마저 능가할지 모르는 고수라는 것을 안 이상 한순간도 방심할 순 없었다.

"먼저 오거라."

현월의 말이 끝나기 무섭게 현유린이 땅을 박찼다.

그녀는 자세를 한껏 낮추며 현월의 무릎 부근을 베어 들어갔다.

현월은 한 발짝 물러나는 한편 검극으로 현유린의 검면을 찍어 눌렀다.

그 순간 무시무시한 무게가 검면에 실렸다.

'천근추!'

현유린은 하마터면 그대로 고꾸라질 뻔했다.

미처 눈치채지 못했지만 현월의 내력은 그녀를 상회하고 있었다.

"흡!"

현유린은 호흡을 짧게 끊어 뱉으며 검을 미끄러지게 했다.

이윽고 자유로운 왼팔을 뻗어 현월의 마혈을 노렸다.

현월은 그녀의 손목을 붙들고는 그대로 휘둘렀다.

압도적인 완력에 현유린의 몸이 그대로 허공을 빙그르르

돌았다.

그녀는 등부터 바닥에 부딪쳤다.

온몸이 짜르르 울리니 나직한 신음이 터져 나왔다.

"으윽."

"실력이 한층 늘었구나. 그간 들였을 노력이 어떠했을지 짐작이 간다."

현월의 칭찬을 듣는 순간 현유린은 순간적으로 화가 났다.

'내가 오라버니한테 칭찬을 들었다고?'

물론 그녀는 부끄러움에 이내 얼굴을 붉혔다.

'바보같이! 이건 기뻐해야 할 일이잖아?'

내심으로는 현월을 자기 밑으로 생각하고 있었다는 의미.

그랬기에 현유린은 창피함을 느꼈다.

"죄송해요, 오라버니."

"음? 뭐가 말이냐?"

잠시 머뭇거리던 현유린이 말했다.

"저, 조금 전에 조금이지만 화가 났어요. 말로는 아니다, 아니다 하면서도 속으로는 오라버니를 저보다 약하다고 생각했던 거예요."

현월은 피식 웃었다.

"나라도 그랬을 거다."

현유린은 상체를 일으켰다.

"대체 언제 그렇게 강해지신 거예요? 기연을 얻었다고 해도 하루아침에 그렇게 될 리는 없을 것 같은데."

"글쎄. 그것을 기연이라 해야 할지는 모르겠다."

여느 때와 같이 대답을 아끼는 눈치. 현유린으로선 한층 호기심이 동할 일이었다.

"오라버니의 검법, 저도 배울 수 있을까요?"

"나의 검엔 정형화된 형과 식이 없어. 때문에 네게 가르칠 것도 없을 것 같다."

고개를 저으며 대답하는 현월.

영민한 현유린이기에 그 말이 의미하는 바를 알 수 있었다.

그리고 그렇기에 더욱 이해할 수 없는 일이었다.

"형과 식이 없다는 건 완전한 아류라는 거잖아요? 그렇다면 검로를 펼치는 데 쓰이는 건 온전히 경험과 감각뿐이라는 건데, 오라버니가 그렇게 많은 경험을 지녔단 말인가요?"

대개 한 주를 주름잡는 고수라 해도 평생의 경험은 백 차례가 넘어가지 않는다.

하물며 생사결이라면 말할 것도 없다.

그런 의미에서 녹림도 이백을 해치운 것은 분명 한 사람의 검사에게 있어 다시 얻기 힘든 경험이었으리라.

그러나 현월은 그 시점에도 이미 강해져 있었다.

경험을 쌓았다면 그전에 충분히 쌓았으리란 의미였다.

그리고 그 이전의 일이라면, 대개 장원 내에서의 일일 뿐.

매일을 함께 했던 현유린으로선 그게 이해가 안 됐다.

"그것도 결국 오라버니가 얻은 기연 덕분인가요?"

"그래."

간단한 현월의 대답.

역시 긴 설명을 하진 않을 모양이었다.

그렇게 되니 현유린으로서도 오기가 생겼다.

'그럼 이 손으로 알아내겠어!'

몸을 일으킨 그녀가 바닥에 떨어진 목검을 주워들었다.

"다시 한 번 해봐요."

"그러자꾸나."

현월은 미소를 지었다.

얼마나 바랐던 일이던가.

하나뿐인 여동생의 수련에 도움이 된다는 것. 가족을 위해서 무언가를 할 수 있다는 것.

어쩌면 현월은 이 소소한 순간을 위해 돌아온 것인지도

모른다.

녹림도들과의 싸움에서 악착같이 살아남은 것 역시도.

남매의 비무는 격렬했다.

현유린은 몇 번이고 내쳐지면서도 다시 덤벼들었다. 나중엔 코피까지 흘릴 정도였다.

현월 역시 그 와중에도 그녀를 봐주진 않았다.

강하게 단련하는 것만이 성장으로의 지름길임을 아는 까닭이었다.

*　　　*　　　*

무림맹에서 사람이 찾아온 것은 이튿날의 일이었다.

고목 같은 인상의 사내였다.

주름진 갈색 피부와 날카로운 두 눈에서 완고함이 느껴졌다.

그리고 무엇보다 중요한 건, 현월이 그자를 잘 알고 있다는 점이었다.

'관수원.'

통천각의 부각주이니 서아현의 상관쯤 되는 인물이었다.

그보다 중요한 것은 그가 유설태의 심복 중 하나라는 점이었다.

유설태가 현검문을 예의주시하고 있다는 의미이기도 했다.

'역시 그때 이곳에 나타났던 건 우연이 아니었던 모양이군.'

잿더미가 되어버린 장원 앞에서 현월이 망연자실해 있을 때, 홀연히 나타난 유설태는 감언이설로 그를 거두었다.

당시엔 그저 우연이라고만 생각했었는데, 이번 일로 관수원을 보낸 걸 보면 그렇진 않은 듯했다.

현무량을 발견한 관수원이 포권지례를 취했다.

"녹림도 무리를 상대로 건승하신 것을 경축드립니다. 무림맹의 사자로 온 관 모라 합니다."

현무량은 그다지 반기는 눈치가 아니었다.

하기야 그로서는 배신당한 기분일 터였다.

"경축이란 말은 그다지 어울리는 것 같지 않구려. 현검문이 원했던 것이 한낱 사탕발림이 아니라는 것은 잘 알리라 믿소만."

"아실지 모르겠지만 맹주께선 그날 지원군을 보내려 하셨습니다. 다만 맹 내에 차질이 생겨 늦어진 것이지요."

"무슨 일인지는 몰라도 대단한 차질이었나 보군."

냉소가 담긴 대꾸에도 관수원은 표정을 흩트리지 않았다.

"문주님께서 분노하신 점은 백분 이해합니다."

"그럼 박대를 당한다 하여 억울하게 여기진 않겠군. 그만 돌아가시오."

"정말 원하신다면 그리하지요. 하나 맹에서는 문주님께 사과도 할 겸 한 가지 제안을 드리기로 결정했습니다."

"듣고 싶지 않소. 돌아가시오!"

현무량의 언성이 높아졌다. 그럼에도 관수원은 태연히 말을 이었다.

"그것이 태허무량공에 관한 것임에도 말입니까?"

현무량이 입을 다물었다.

애써 표정을 다스리려 했지만 눈빛이 흔들리는 것만은 어쩔 수 없었다.

관수원은 그럼 그렇지 하는 시선으로 현무량을 바라봤다.

멀찍이서 지켜보던 현월로서도 혀를 내두를 일이었다.

태허무량공이 어떤 심공인지 잘 알고 있는 까닭이었다.

현검문의 독문무공인 현화무량공은 본디 화산에서부터 갈라져 나온 심공이다.

그 뿌리는 본디 화산의 무량공에 기반하고 있는데, 그것을 현검문의 시조가 갈고 닦아 자기화한 것이 현화무량공이었다.

실제로 이러한 일종의 개조 무공의 숫자는 꽤나 되는 편이었는데, 현화무량공은 그중에서도 수위를 다투긴 했지만 완벽하다 하기는 어려웠다.

그리고 태허무량공은 무량공을 개선한 화산의 심공.

그 이치를 깨닫는다면 현화무량공의 진전에도 큰 도움이 될 것이 분명했다.

한참 고심하던 현무량이 말했다.

"무공을 미끼로 내 마음을 돌리겠다는 소리요?"

"흥미가 동하십니까?"

"묻는 말에 답이나 하시오!"

"그러고는 싶지만 보는 눈이 많으니……."

주변을 훑던 관수원의 시선이 현월의 눈빛과 얽혔다.

물론 현월에 대해 모르는 그인 만큼 이내 흥미를 잃었지만.

"자세한 내용은 들어가서 나누심이 어떨까 싶습니다. 바깥에는 보는 눈이 너무 많군요."

"……."

현무량은 고심하는 눈치였다.

심정적으로는 여전히 내키지 않았지만, 무공에 대한 욕심만큼은 어쩔 수 없는 듯했다.

결국 장고하던 그가 한숨처럼 내뱉었다.

"따라오시오."

두 사람은 내실로 향했다.

현월은 몰래 엿들을까 생각하다가 이내 고개를 저었다.

'관수원은 고수다. 지금의 나로서는 그의 기감을 속이기 어려워.'

비록 부각주라고는 하나 잠행과 탐지에 관한 실력만큼은 무림맹에서도 수위를 다투는 이가 바로 관수원이었다.

어떤 면에선 암제인 현월보다 낫다고 할 수 있었는데, 이는 현월이 암살자임에도 잠행과 은신을 그리 즐기진 않았던 까닭이다.

제거해야 할 자가 있다면 당당히 찾아가서 죽였다.

밤에만 움직이긴 했지만 은신의 목적보다는 귀찮은 일이 적다는 점이 컸다.

물론 얼굴이 팔려 봐야 귀찮은 일이니, 대부분은 암살 대상이 혼자 있을 때를 노렸다.

제삼자가 얽혀봐야 무고한 희생만 늘어나기 때문이다.

그럼에도 암제란 이름이 붙은 것은, 결국 그만큼 손에 묻혀야 했던 피의 양이 어마어마하다는 의미에 지나지 않았다.

관수원은 두 시진 가까이 대화를 하고 나서야 돌아갔다.

그가 멀어지자마자 현무량은 현월을 방으로 불러들였다.

"맹주께서 나를 초빙하고자 한다는구나."

곧바로 본론을 꺼내는 현무량이었다.

현월은 맹주의 얼굴을 떠올렸다.

남궁월.

한때 천하제일검으로 불렸던 검의 달인.

지금 시점에선 한창 전성기를 구가하고 있는 사내였다.

그리고 이십 년 후, 그는 들이닥치는 혈교의 무리와 분전하다가 목숨을 잃는다.

다시 말해 유설태와 동류는 아니라는 의미.

그러나 그렇다 하여 안심할 수만은 없었다.

"함정일 수도 있습니다. 관수원이 거짓말을 한 것일지도 모릅니다."

"그를 알고 있더냐?"

놀란 듯 현무량이 반문했다.

관수원의 이름을 꺼낸 것이 못내 놀라웠던 모양이다.

"맹에 있을 때 몇 차례 스치듯 본 적이 있습니다."

적당히 대답한 현월이 내쳐 물었다.

"어떤 연유로 부른다는 얘기는 없었습니까?"

"녹림맹을 토벌한 공로를 치하하고 싶다더구나. 관과 무림맹을 대신하여 백성들의 시름을 덜어주었다는 거지."

그럴싸한 사유이긴 했다. 지원군을 보내지도 않은 주제에 생색내는 꼴이긴 했지만.

"그래서, 아버지께선 어떻게 하실 생각이십니까?"

잠시 침묵하던 현무량이 답했다.

"이번 일에 대한 무림맹의 행동은 나 역시 마음에 안 든다. 그러나 이미 지난 일이고 하니, 저들이 내미는 화해의 손길을 매몰차게 거절할 수만도 없다 싶구나."

현월은 놀라지 않았다.

애초에 마음을 그리 정했기에 자신을 부른 것일 테니.

현무량의 진짜 용건은 지금부터였다.

"하여, 내가 잠시 동안 현검문을 비우게 될 듯하구나. 그동안 네가 대리 문주의 임무를 수행해 주었으면 한다."

'역시.'

현월은 내심 쓴웃음을 지었다.

"유린이가 맡는 편이 낫지 않겠습니까? 저는 당장 현화무량공조차 소화해 내지 못했는데요."

"나 역시 그 생각을 안 한 것은 아니다. 하나 유린이는 아직 관례조차 먼 나이가 아니더냐. 그에 비해 너는 성숙한 면도 있고 하니 크게 어려움을 겪지 않으리라 생각한다."

현월을 신뢰하고 있다는 뜻.

아마 무와 문파에 관해서는 처음으로 현월을 인정한 것

이리라.

물론 별일이 없는 바에야 얼마간 대리 문주를 맡는 게 크게 어려운 일은 아니었다.

그렇더라도 현월로서는 아버지에게 인정받았다는 것만으로 기쁜 일이었다.

'별일이 없다면… 말이지.'

역시 염려가 되었다.

무림맹이 마냥 사과의 의미로만 아버지를 부른 것일까 싶어서였다.

'하지만 아버지를 막을 명분이 없는 것도 사실.'

무림맹을 좀먹고 있는 혈교의 무리는, 최소한 지금까지는 그림자조차 비치지 않고 있었다.

그들이 준동하기까지는 이십 년의 시간이 남아 있었다.

그 먼 미래를 가지고 지금의 무림맹을 악의 세력이라 단정할 수 있을까?

또한 그런 논리로 아버지를 설득할 수 있을까?

아마도 힘들 것이다.

고민하던 현월이 넌지시 말을 꺼냈다.

"제가 아버지와 함께 가는 것은 어떻겠습니까?"

"너는 다시는 맹에 복귀하지 않겠다고 하지 않았더냐. 그렇기에 나 역시 네 재입맹을 포기한 것이고 말이다."

"그냥 그곳까지 함께 가는 것 정도라면……."

"그 말은 이 아비가 걱정된다는 뜻이렷다?"

"그렇습니다."

현월의 솔직한 대답에 현무량은 미간을 살짝 좁혔다.

그래도 이전처럼 불호령을 토하지는 않았다.

"이 아비를 믿으려무나. 이 한 몸 건사하는 것쯤이야 충분하니 말이다."

"……알겠습니다."

현월은 아쉬움을 삼키며 대답했다.

'어쩔 수 없지.'

어차피 몸은 하나뿐.

그가 현무량을 따라 나선다면 현검문이 빌 수밖에 없고, 그것은 그것 나름대로 우환거리가 될 것이다.

하나를 취하고자 한다면 하나를 포기해야 한다.

그것은 현월로서도 어쩔 수 없는 진리였다.

현무량은 조금 홀가분해진 표정이었다.

이러나저러나 아들을 듬직하게 느끼게 된 것만은 분명한 듯했다.

"언제 떠나실 생각이십니까?"

"음. 쇠뿔도 단김에 빼랬다고, 내일 바로 출발할 생각이다."

현무량은 희미하게 미소를 지었다.

"그러고 보면 네가 돌아온 이후로 허심탄회하게 이야기를 한 적이 없구나."

"그간 여러 일이 있었으니까요."

"그랬지. 그래도 한 가지 안심한 것은, 네가 전에 비해 크게 성숙해졌다는 점이다. 집을 떠났던 몇 달 동안 많은 경험을 쌓은 듯싶구나."

"……."

"기연을 얻은 것인지 다른 무언가를 깨달은 것인지는 모르겠다만, 네게 있어 참으로 다행한 일이란 생각이 든다."

"아버지……."

"맹에서 돌아오게 된다면 자세한 얘기를 해다오. 괜찮겠지?"

현월로서는 차마 그러지 못하겠다고 대답할 수가 없었다.

"알겠습니다."

3장

방문

현무량은 수제자 두 명만을 대동한 채 무림맹으로 떠났다.

무림맹 측의 저의를 미심쩍어 하면서도 곧장 떠난 것을 보면 심공에 대한 욕심을 어쩌진 못한 듯했다.

때문에 졸지에 문주 대리가 된 현월이었지만 딱히 할 일이 산재한 것은 아니었다.

현검문의 규모 자체가 명성에 비해 작기도 했거니와, 녹림맹의 궤멸 이후로는 여남 전체가 소강상태에 잠겨 있었던 것이다.

하나 그것은 폭풍 전야의 고요에 지나지 않았다.

* * *

얼마 후.

매화가 수놓아진 백의를 입은 여인이 현검문을 찾아왔다.

몇 남아 있지 않던 문도들의 시선은 이내 그녀에게로 쏠렸다.

훤칠한 체구의 미인이었다.

문지방에 선 채 아무도 없는 허공만 응시하고 있었는데, 어느 누구와도 시선을 마주하지 않는 도도함이 그녀의 미색을 더욱 돋보이게 했다.

"누구시죠?"

현유린이 다가와 물었다.

그제야 여인은 시선을 내려 그녀를 바라봤다.

"현 소협을 만나러 왔어요."

마치 그거면 설명이 충분하다는 투.

현월과 제법 가까운 사이임을 암시하는 대답이었기에, 현유린은 살짝 기분이 나빠졌다.

"누구인지 말씀해 주셔야 오라버니한테 전해줄 수 있을

것 같네요."

"저수지에서 큰 도움을 입었었죠. 그렇게 설명하시면 될 듯해요."

"저수지라고요?"

현유린은 황당한 기분이 들었다.

대체 현검문을 떠나 있던 며칠 동안 현월은 무슨 일을 하고 다녔던 걸까.

그때 여인의 허리춤에 달린 명패가 눈에 들어왔다.

반으로 쪼개져 있는 은호패.

그게 의미하는 바는 여남의 무인이라면 누구라도 알고 있었다.

현유린의 얼굴이 차갑게 식었다.

"사룡방의 끄나풀이 오라버니에겐 무슨 볼일이죠?"

"무슨 볼일인지는 현 소협을 만나 직접 설명하겠어요."

"위험한 인물을 오라버니에게 안내할 순 없어요. 돌아가세요. 현검문은 사룡방과 은호방, 그중 어느 쪽도 편들 생각이 없습니다."

매몰찬 대답에도 여인은 물러나지 않았다.

"그건 일개 문도의 자격으로 할 법한 말이 아니라고 보는데요."

"그런……!"

"문주 대리에게 같은 대답을 듣게 된다면 그땐 불만 없이 물러나지요. 그럼 되겠죠?"

현유린은 입술을 살짝 깨물었지만 그 말에 반박하진 못했다.

그녀의 말마따나 지금의 문주 대리는 현월이었다.

"잠시만 기다려요."

"그럴 필요도 없겠네요."

여인의 시선이 살짝 옆으로 틀어졌다.

현유린은 고개를 돌리고 나서야 현월이 나와 있다는 것을 알았다.

"오라버니."

"유린아, 미안하지만 찻상을 좀 준비해 줘."

"……알겠어요."

현유린이 토라진 얼굴로 떠나자 여인이 희미하게 웃었다.

"귀여운 여동생을 두었네요."

"이곳엔 무슨 일이오?"

여인, 유화란은 쓴웃음을 지었다.

그러고 보니 지난번보다 많이 피로해진 인상이었다.

"자세한 얘기는 들어가서 해도 될까요?"

현월은 그녀를 사랑채로 안내했다.

"그날 이후로 몇 번이고 찾아갈까 고민했었어요. 소아도 당신을 많이 걱정했고요."

"담예소는 좀 어떻소?"

"스승님께서 결국 제자로 들이셨어요. 나이에 비해 성장이 무척 빠른 편이에요. 근래에는 스승님이 바쁘셔서 제가 돌봐주고 있죠."

"무슨 일이라도 있나 보군."

현월의 대답에 유화란은 놀란 얼굴을 했다.

"정말 아무것도 모르세요? 현 소협의 동생조차 아는 눈치였는데."

"어떤 것 말이오?"

백구용을 찾아갔던 날 이후로 현월은 한시도 장원을 떠난 적이 없었다.

하루 일과는 명상과 단련이 전부였다.

겨우 얻게 된 다소간의 여유를 헛되이 낭비하고 싶지 않았기 때문이다.

다른 것엔 신경을 쓸 여력이 없었다.

그나마 신경을 쓴다면 채여화나 현유린 정도에 지나지 않았고.

때문에 여남의 사정이나 상황은 알지 못했다.

유화란은 허리춤에서 무언가를 끌러 탁자 위에 올려놓

았다.

반쪽이 난 은호패였다.

"왜 토막이 나 있소?"

"지금은 그것이 사룡방을 나타내는 상징이에요."

범상치 않은 상징.

그 형태에서 유추되는 사실은 하나뿐이었다.

미간을 좁힌 현월이 물었다.

"은호방과 맞붙게 되었나 보군."

"그래요. 잘 아시는군요."

"자세한 이야기를 들어볼 수 있겠소?"

"그러죠."

나직이 한숨을 쉰 유화란이 이야기를 꺼냈다.

여남의 암흑가는 크게 두 세력이 양분하고 있다.

사룡방과 은호방이 그것인데, 그 주인들인 사룡방주와 은호방주는 암흑가를 동서의 두 구역으로 나누어 가졌다.

서로의 영역을 침범하지 않는 선에서, 또한 공동의 적인 정파 무림과 맞섬에 있어 두 거물은 자주 협력하고는 했다.

그러나 기본적으로 두 세력은 적대 관계.

이해관계가 이따금 일치할 때를 제외한다면 호시탐탐 상대방의 세력을 넘보고는 했다.

그리고 며칠 전. 현무량이 여남을 나서던 날에 사건 하나가 터졌다.

처음엔 간단한 치정 살인에 지나지 않았다.

한 기녀를 사모하는 두 무사가 있었고, 거나하게 취한 한쪽이 장도를 들고 반대편을 찾아가 도륙을 내버렸다.

문제는 죽어버린 무사의 아비가 은호방주의 의제라는 점이었다.

다시 말해 은호방주는 조카를 잃은 셈이었다.

노기가 하늘 끝까지 치솟은 은호방주는 휘하의 타격대인 은호대를 파견했다.

은호대는 백주 대낮에 무사의 집으로 짓쳐 들어가 그곳에 있던 가족과 식솔 전부를 참살했다.

정작 무사 본인은 겁을 먹고 잠적해 버린 뒤였다.

은호방주는 거기서 멈추지 않았다.

당사자를 잡지 않는 한 해결되는 건 아무것도 없다고 생각했던 것이다.

암흑가는 물론이요, 거리 곳곳에 수배 전단이 뿌려졌다.

은호대는 패검한 채로 여남 곳곳을 들쑤시고 다녔다.

그 와중, 여남의 거리에 소문 하나가 나돌았다.

잠적해 버린 무사를 사룡방주가 거두어 살펴주고 있다는 것이었다.

물증 같은 것은 없었다.

다만 입증하기 힘든 심증들이 있었다.

사룡방주 역시 두 무사가 사모했던 기녀를 자주 찾고는 했다는 점, 잠적한 무사가 말단에 불과한데도 행적이 묘연하다는 점 등등.

소문은 삽시간에 덩치를 불렸다.

은호대는 대놓고 사룡방의 구역에서 패악을 저지르기 시작했다.

그들이 무뢰배 무리가 아님을 감안한다면, 이는 은호방주의 뜻이나 마찬가지였다.

그야말로 간접적인 실력 행사.

처음엔 얌전히 있던 사룡방 측 무인들도 슬슬 심사가 뒤틀리기 시작했다.

이유야 어찌 됐든 숙적 관계인 무사들이 자기네 앞마당에서 날뛰는 걸 두고 볼 순 없었다.

그리고 진짜 사달이 일어났다.

대낮부터 사룡방 구역에서 술을 마시고 있던 은호대였고, 그중 하나가 사룡방 측 무사와 시비가 붙은 것이다.

물론 은호대는 은호방주의 직속 타격대.

무위의 차이는 완연했고, 사룡방 측 무사는 곤죽이 되어선 거리에 널브러졌다.

그 광경이 사룡방 무인들의 가슴에 불길을 일으켰다.

안 그래도 앞마당에서 설치는 놈들의 꼬락서니가 아니꼬웠는데, 때마침 명분까지 주어진 것이다.

거리에 있던 사룡방 휘하 무인들이 모조리 몰려들어 포위망을 만들었다.

그제야 취해 있던 은호대 무인들도 심각성을 깨달았다.

그러나 이미 저질러진 일.

수백에 이르는 적대 세력 무인들에게 포위당한 직후였다.

한바탕 싸움판이 벌어졌다.

은호대는 필사적으로 혈로를 뚫고 탈출할 수 있었다.

그 과정에서 일곱 명이 반병신이 되고 세 명이 불귀의 객이 되었다.

그나마 사정이 좋은 이들도 몸 곳곳에 칼자국 서너 개쯤은 남기고 말았다.

소식을 들은 은호방주의 분노가 극에 달한 것은 말할 것도 없었다.

때마침 사룡방주 역시 더는 참지 못하겠다고 느끼던 차였다.

여남의 암흑가에 피 냄새가 퍼지기 시작했다.

노름꾼과 취객들이 자취를 감춘 곳에서 패검한 무인들이

형형한 눈을 빛내기 시작했다.

일촉즉발의 상황.

사건 하나만 터진다면 두 세력은 언제든 맞붙게 될 것이다.

그 영향력이란 녹림맹 따위에 비할 바가 결코 아니었다.

각 세력 하에 있는 무인의 숫자만 녹림맹의 배는 됐으니까.

"그래서, 잠적했다는 그 무사는 정말 사룡방주가 거둔 것이오?"

"말도 안 되는 모략이에요. 스승님께선 그 무사와 안면도 없을뿐더러, 기녀나 기루 따위를 찾는 부류도 아니세요."

치가 떨리는 듯 유화란이 언성을 높였다.

"애초에 물증 하나 없는 뜬소문에 불과했죠. 어쩌면 은호방주가 일부러 퍼트린 것일지도 모르고요."

"이제 와서는 아무래도 상관없게 됐군."

"그래요. 어차피 은호방과의 결판은 피할 수 없게 됐으니까요. 돌이킬 수 없는 지점까지 와버리고 말았죠."

"그래서, 현검문의 손을 빌리러 온 거요?"

"만일 그렇다면 현검문은 힘을 빌려줄 건가요?"

"그 대답은 내 동생이 이미 한 것으로 알고 있소만."

유화란은 그럴 줄 알았다는 듯 고개를 끄덕였다.

"역시 그렇군요. 하긴 정도 문파가 흑도 방파를 함부로 지원할 순 없는 노릇이겠죠. 문주께서 무림맹의 치하까지 받으러 간 마당에."

왠지 비아냥거리는 투였다.

하지만 현월은 불쾌하다고 느끼진 않았다.

그 일이 내심 껄끄럽게 느껴지는 건 자신 역시 마찬가지였으니까.

"우리가 도움을 청하고자 하는 대상은 현 소협 개인이에요."

"나 말이오?"

"네."

짤막히 대꾸한 유화란이 말을 이었다.

"상황이 이렇게까지 꼬이긴 했지만, 기실 스승님께선 일을 더 키우고 싶어 하지 않으세요. 아마도 그건 은호방주 역시 마찬가지겠죠."

"……."

이미 여남의 배후를 양분하고 있는 두 사람이다.

현실에 안주한다 하여 이상할 것은 없다.

반면에 일단 맞붙게 된다면 승리하든 패배하든 타격은 심대할 것이다.

패자는 필망할 것이며 승자 역시 크게 휘청거릴 터.

더군다나 이런 경우엔 대부분, 거물들의 싸움을 기회 삼아서 치고 올라오는 신세력이 등장하게 마련이었다.

그리하여 세대가 교체되는 경우는 무림사에도 제법 있었다.

"두 사람은 곧 회동을 가질 생각이에요. 아마 그 자리에서 어떻게든 담판을 지으려 하겠죠."

"거기에 뭔가 문제라도 있소?"

"있을 수도 있죠."

미묘한 대답이었다.

물론 그게 암시하는 바를 추측하기란 그리 어렵지 않았다.

"그 자리에서 칼부림이 날 수도 있다는 거군."

"서로를 암살하기엔 제격일 테니까요."

"대강 이해했소. 하지만 사룡방주가 내게서 원하는 게 뭔지는 모르겠군."

유화란은 입술을 살짝 적셨다. 이제부터가 본론이라는 듯.

"스승님께선 현 소협이 현검문을 떠나게 될 거라 생각하고 계세요. 아마 그 시점은 춘부장께서 돌아오는 시점이 되겠죠."

현월은 놀란 눈으로 그녀를 응시했다.

현검문을 떠난다는 건 녹림맹과의 일전 이후 마음 한구석에 담아둔 생각이었다.

앞으로 무림맹, 나아가 혈교와 대적하게 될 현월의 입장에선 홀가분해지는 것이 여러 모로 좋았다.

그렇다면 현검문의 그림자를 벗어나는 것은 필수적이었다.

자칫 문파 자체와 가족들이 볼모가 될 수도 있는 것이다.

물론 쥐새끼들이 꼬이지 않게끔 뒤처리는 확실하게 하고 갈 생각이었다.

여남과 현검문을 그 누구도 건드리지 못하도록 모든 조치를 다한 후에 떠나는 것이 계획이었다.

'이곳을 떠나 정체를 숨긴 채 놈들을 상대한다면 괜찮으리라 생각하긴 했지만…….'

놀라운 것은 사룡방주의 통찰력이었다.

고작 두 번 만나봤을 뿐인 그가 어떻게 현월의 생각을 읽었단 말인가.

한순간이지만 그 역시 회귀한 존재가 아닌가 싶을 정도였다.

물론 그럴 가능성은 지극히 희박했다.

현월이 뚫어져라 쳐다보자 유화란이 넌지시 말했다.

"역시 그랬군요."

"그는 그걸 어떻게 알았지?"

"관찰과 추측이죠. 현 소협이 한 달이 넘는 기간 동안 두문불출한 것은 가족 때문이 아닌가요? 오랫동안 이곳에 남을 바에야 지금 그들과 철석같이 붙어 있을 필요는 없겠죠."

"날 감시했나? 아니. 감시자의 기척 같은 건 없었어. 문도들 중 하나를 회유한 모양이군."

"협조를 얻은 거죠."

현월은 입을 다물었다.

내심 한 방 먹었다는 생각이 들었다.

아마 사룡방주, 혹은 유화란은 현월을 떠본 것에 지나지 않았을 것이다.

고작 그 정도 심증만으로 생각을 내다본다는 것은 말이 안 되니까.

간단한 미끼에 넘어가 버린 셈이다.

애초에 현월이 사람을 상대한 경험이 적기 때문이 컸다.

이십여 년 가까운 시간을 고독 속에 지내야 했으니까.

"그 이유까진 모르시지만, 스승님께선 현 소협이 집을 떠났을 때 도움을 줄 수 있으세요. 그렇다면 지금 미리 친분을 다져두는 것도 좋지 않을까요?"

"은호방주의 목을 안주 삼아 말인가?"

"앞서도 말했지만 스승님은 그를 죽이고 싶어 하지 않으세요. 현 소협의 힘은 그저 본인의 호위에만 빌릴 생각이시고요."

"고작 그 정도라면 다른 무인을 데려가도 될 텐데."

"녹림맹의 수백 무리를 혈혈단신으로 상대할 무인이 흔치는 않죠."

현월은 말없이 유화란을 응시하다가 말했다.

"거절하겠소."

"……다시 생각해 봐요. 현검문에도, 현 소협에게도 나쁘지 않은 제안일 텐데요."

"내가 집을 떠나려 한다는 것까진 잘 읽어냈지만 그 이유까진 모르나 보군. 아마 그것까지 알았더라면 나와 손을 잡으려 하진 않았을 테지."

"그게 무슨 뜻이죠?"

"설명할 생각 없소."

딱 잘라 말한 현월이 내쳐 말했다.

"배웅하진 않겠소. 담예소를 잘 돌봐주기 바라오."

유화란은 입술을 살짝 깨물고는 일어났다.

"그 아이가 그렇게 걱정된다면 찾아와 보기라도 하지 그래요?"

냉랭하게 쏘아붙인 유화란이 거칠게 방문을 열어 젖히고는 나가 버렸다.

현월은 식어 버린 차를 말없이 응시했다.

'미래가 바뀌고 있다.'

현월의 머릿속에는 은호방과 사룡방의 다툼 같은 것은 존재하지 않았다.

현검문이 멸문당한 이후 두 세력은 여남으로 몰려든 정도 문파들에 의해 사이좋게 숙청당했다.

그러나 현검문이 살아남고 녹림맹이 사라짐으로써 모든 게 바뀌었다.

'협력이라.'

현월은 쓴웃음을 지었다.

그의 궁극적인 목표가 혈교임을 안다면, 과연 사룡방주가 손을 내밀어 왔을까?

가당치도 않은 일일 것이다.

더군다나 지금의 현월로서는 암흑가의 세력 다툼에 끼어들 여력 같은 것은 없었다.

약간의 여유조차 암천비류공의 공부에 쏟아야 할 시기였던 것이다.

'그녀에겐 미안한 일이지만 어쩔 수 없다. 지금으로썬 무

엇보다도 강해지는 게 중요해.'

현월은 내심 중얼거리며 자리에서 일어났다.

여느 때와 같이 연공실로 향할 생각이었다.

하지만 그러기도 어렵게 됐다.

방을 나서자마자 현유린이 떡하니 버티고 있었던 것이다.

그녀는 다소곳한 평소의 태도와 달리 비딱해 보였다.

팔짱을 낀 것도 그렇고 고개를 살짝 옆으로 기울이고 있는 것도 그랬다.

오라비인 현월로선 그저 앙증맞기만 했지만.

"누구예요?"

"음?"

"누구냐고요, 저 여자."

"유화란 말이군. 사룡방주의 제자다."

현월의 대답에 현유린이 입을 쩍 벌렸다.

"저 여자가 그 백일매(白一梅) 유화란이라고요?"

"유명한 여자야?"

"오라버니도 들어보신 적 있지 않아요? 여남에서 제일 예쁘네, 어쩌네 칭송하는 바보들이 많잖아요."

현월은 머릿속을 뒤져 봤지만 딱히 그런 얘기를 들은 기억은 없었다.

하기야 이십 년도 전의 일인 데다 그다지 중요한 것도 아니었으니 기억이 안 날 만도 했다.

현유린은 심통이 난 얼굴로 연신 구시렁거렸다.

"오늘 보니까 딱히 대단한 것 같지도 않네. 하여간 화장하고 연지만 진하게 칠하면 껌뻑 죽는 바보들이 너무 많아."

"……."

"그래서, 오라버니는 저 여자랑 무슨 관계예요?"

"딱히 특별한 관계는 아니야. 이번 방문도 그녀의 스승과 관련된 일이고."

"사룡방주……."

현유린의 얼굴에 그림자가 드리워졌다.

현월은 그녀가 그간의 사정을 숨기고 있었다는 것을 새삼 깨달았다.

"내가 집에만 있는 동안 여남이 제법 시끄러웠던 모양이더구나."

"으응, 그랬어요."

"너는 이미 상세한 사정을 알고 있었고?"

"네. 하지만 오라버니나 우리 현검문과는 관계없는 일이라고 생각했어요."

"무슨 말인지 알겠다."

현월이 입을 다물자 현유린이 힐끔거리며 눈치를 살폈다.

"제가 미리 말하지 않아 화나셨어요?"

"아니. 그럴 리가 있겠니. 미리 알았다 한들 나는 집을 지켰을 거다."

현유린의 표정이 약간 밝아졌다.

아직 얼굴에 새겨진 그림자가 완전히 사라지진 않았지만.

"저, 오라버니?"

"음."

"그 일이란 게 뭔지는 모르겠지만, 받아들이신 건가요?"

"아니, 거절했다."

현유린은 작게 안도의 한숨을 쉬었다.

현월은 그녀의 반응에 피식 웃었다.

"걱정했나 보구나."

"조금요."

언제부턴가 그녀는 현월을 무의식중에 상당 부분 의존하고 있었다.

아마 그녀와의 비무를 재개하게 된 직후부터였을 것이다.

힘이라는 것이 지닌 어쩔 수 없는 속성이랄까.

때문에 현월로선 복잡한 심경이었다.

마침내 든든한 한 사람의 오라비가 되어 기쁘기도 했지만, 언젠가는 집을 떠나야 할 것이기에 걱정이 되었던 것이다.

그것은 제법 훗날의 일이 될 터였지만, 세상일이란 알 수 없는 법이었다.

'그렇다고는 해도…….'

우선은 강해지는 게 먼저였다.

현재 현월의 무위는 전성기의 삼 할에도 미치지 못했다.

그나마 본래 실력 이상의 무위를 발했던 것도 암제로서 갈고 닦은 경험과 감각이 있었기 때문이다.

다행한 것은 육체가 보다 젊은 데다 성장의 가능성이 남아 있다는 점이었다.

거기에 더하여 녹림맹과의 일전 이후 내력도 크게 증진되었다.

그럼에도 갈 길이 멀다는 게 문제였지만.

'전성기의 나조차 유설태를 어찌하지 못했다. 놈과 혈교의 준동을 막고자 한다면 그 당시의 실력마저 뛰어넘어야 한다.'

지금껏 몇 번이고 다짐했던 것을 속으로 되까리는 현월

이었다.

*　　　*　　　*

사룡방주가 살해당한 것은 열흘 뒤의 일이었다.

4장

해후

후두두둑.

겨울비가 추적추적 거리 위를 두드렸다.

거기에다 몰아치는 살바람이 더해지다 보니 대낮임에도 행인을 찾기 힘들 정도로 고약한 날씨가 탄생했다.

여남의 거리는 쌀쌀했다.

기온상으로나, 외관상으로나.

암흑가라 하여 사정이 다르진 않았다.

평소의 절반도 되지 않는 사람들만이 두런두런 모여 얘기를 나눴고, 그마저도 평소의 왁자지껄함을 찾기는 어려운 상태였다.

특이점이라 해야 할까.

눈썰미 좋은 자가 아니고서야 느끼지 못할 것이긴 했으나, 암흑가의 무인들 사이에선 더 이상 쪼개진 은호패의 소지자를 찾기 어려웠다.

전쟁은 제대로 시작되지도 못한 채 한순간에 끝나 버렸다.

사룡방은 한순간에 몰락했고, 은호방은 자연스럽게 그 대부분을 흡수했다.

반발하는 이들에겐 무자비한 피의 숙청이 가해졌다.

그 결과 여남의 암흑가에는 우습게도 평화가 찾아왔다.

물론 그것이 오래토록 지속되리라 믿는 사람은 그다지 많지 않았다.

애초에 그 속 알맹이란 공포로 이루어진 위압에 지나지 않기도 했고.

현월은 그러한 거리를 말없이 걸었다.

몇몇이 그에게 시선을 보내긴 했으나 이내 관심을 끊었다.

하기야 죽립을 쓴 채 걸어가는 사내라는 건 그다지 특이할 것 없는 모습이긴 했다.

걸음은 어느 가게 앞에서 멈췄다.

은하전포라는 이름이 각인된 문패가 현월을 맞았다.

그 아래로는 반 토막이 난 문패가 아무렇게나 널브러져 있었다.

소룡전포의 문패였다.

안으로 들어서니 초췌한 얼굴의 금 노인이 있었다.

숙청의 피바람 속에서도 용케 목숨을 건진 모양이었다.

그것을 본인이 다행이라 느낄지는 또 다른 문제였지만 말이다.

"퍽 오랜만이군."

현월을 알아본 금 노인이 중얼거렸다.

말투에 날이 선 것이, 사룡방주의 제안을 거절한 것에 앙심을 품은 듯했다.

현월은 한동안 말을 꺼내지 않았다.

금 노인이 살기가 담긴 눈으로 노려보고 있기 때문은 아니었다.

사룡방주의 제안을 거절한 데 대해 미안한 마음도 없었다.

그 정도로 가까운 사이가 아니었을뿐더러 빚을 진 것도 없었기 때문이다.

다만 사룡방주에게 개인적인 호감이 있었던 것만은 사실이었다.

최소한 은호방주보다는 나은 인물이라 생각했으니까.

"그 눈을 보니 사룡방주가 죽은 건 사실인 모양이군."

"그렇다. 왜, 기쁘기라도 한 것이냐?"

"유화란과 담예소는 살아 있소?"

"그것을 네놈이 알아서 뭘 어쩌려고? 이제 와서 미안하다고 사과라도 할 참이더냐?"

"난 사과할 만한 짓을 하지 않았소."

금 노인이 이를 악물었다.

당장이라도 욕을 퍼부을 기세였지만 끝끝내 욕설이 터져 나오진 않았다.

현월의 말이 옳다는 것을 그 역시 내심 느끼고 있던 까닭이다.

"하기야 당신에게 화풀이하는 것도 우스운 일이겠지요. 이제 와서 돌이킬 수도 없을 테고, 당신이 있었던들 달라질 것은 없었을 테니."

"무슨 일이 있었던 거요?"

소문은 많은 것을 알려주진 않았다.

그저 은호방주와 사룡방주가 회담을 가졌고, 그 자리에서 사룡방주가 참살당했다는 게 전부였다.

그리고 그 자리에 있었던 이들은 두 사람과 그들의 최측근뿐.

금 노인 역시 그 자리에 있었으리란 게 현월의 추측이었다.

그리고 그것은 사실이었다.

"강자존이란 단어가 이토록 뼈에 사무친 적은 없었을 겁니다."

한숨과 함께 금 노인이 말을 이었다.

"회담은 저수지 한가운데에서 열렸습죠. 방주님께서 친히 그분의 범선을 띄우셨고, 정오경에 은호방 측에서 조각배를 띄워 다가왔지요. 때문에 놀랄 수밖에 없었습죠. 우리 쪽은 수십인 데 반해 은호방주는 한 사람만 대동하고 왔으니까요."

"한 사람?"

"예. 특이한 점은 그자가 난생처음 보는 인물이었다는 겁니다. 아니, 난생처음은 아니지요. 그자의 얼굴을 알아본 이가 있었으니까요."

돌연 금 노인이 귀신을 본 듯한 표정을 지었다.

"기녀를 사랑하여 은호방주의 조카를 참하고 잠적해 버린 무사, 바로 그자였습니다."

"……!"

"배 위가 크게 술렁였습죠. 그럴 수밖에 없는 게, 그간의 갈등이며 싸움 모두가 은호방주의 손아귀에서 놀아난 결과였으니까요."

"대체 왜 그런 짓을……?"

"모든 것이 그 상황을 만들기 위함이었던 겝니다."

현월은 생각했다.

저수지 한가운데의 범선. 철저히 고립된 장소인 만큼 달아날 곳은 없다.

더군다나 사룡방 측에선 자기네가 우세한 입장이니 거리낄 것도 없을 터.

그렇다는 건 한 가지 사실을 의미했다.

"은호방주가 사룡방주를 압도할 무위를 지녔거나 그 무사가 강자였거나, 둘 중 하나였겠군."

금 노인이 무겁게 고개를 끄덕였다.

"후자였습지요."

"……."

"방주께서 따지고 들기도 전에 은호방주가 손짓을 했습니다. 순간 그 무사가 십 장 거리를 훌쩍 뛰어 범선 위에 안착했습죠. 그리고 일직선으로 방주님께로 쇄도했습니다. 그제야 모두들 깨달았지요. 그 무사의 두 팔에서 핏빛 강기가 넘실거리고 있었다는 것을요."

금 노인의 눈동자가 파르르 떨렸다.

"이 늙은이의 견식이 넓다고는 못하겠지만, 그래도 이곳에서 지내며 수많은 무인을 봤다고 자부합니다. 그런데 그런 무공은 처음이었습니다. 시뻘건 기광이 손바닥에 어리는가 싶더니, 단박에 찔러 들어가 방주님의 흉부를 강타했습니다. 그 순간 혈광이 등허리를 뚫고 나오더군요."

현월은 눈을 부릅떴다.

"나찰혈괴장(羅刹血怪掌)……!"

"아는 무공이외까?"

"그렇소."

현월이 침음을 삼켰다.

'혈교의 무공이니까.'

유설태가 현월에게 남몰래 건네줬던 비급들은 백도와 흑도, 정과 사를 가리지 않는 것들이었다.

암천비류공 역시 혈교의 무공이었고.

그 가운데, 마찬가지로 혈교의 무공이면서 유달리 흉포한 장법이 있었다.

그게 바로 나찰혈괴장이었다.

현월은 대강의 구결만 외우고는 수련을 포기했던 장법이다.

장법 자체가 내키지 않기도 했거니와 현월의 체질과도 맞지 않았다.

그러나 그 위력만큼은 구결을 통해 간접적으로 파악했

었다.

“살상력만 따진다면 세 손가락 안에 들 장법이오. 그만큼 부작용도 크긴 하지만.”

현월의 설명에 금 노인은 고개를 끄덕였다.

“그 말씀대로였습죠. 설마 방주님께서 그리도 허무하게 쓰러지실 줄은 몰랐습니다. 황급히 달려갔을 땐 이미 칠공으로 피를 쏟아내고 계셨습니다.”

“…….”

“그 이후로는 알려진 대로입니다. 은호방주는 범선 위에 올라 암흑가 일통을 선언했지요. 불만이 있다면 앞으로 나서고, 그렇지 않다면 자신에게 충성을 맹세하라 했습니다.”

“그리고 노인장은…….”

금 노인의 눈가가 축축해졌다.

“우선은 살아남는 게 급선무였습니다. 아씨를 두고 홀로 떠날 수도 없는 노릇이었고 말입니다.”

“노인장은 단순히 사룡방주의 수하만은 아닌 모양이군.”

“본래는 화란 아씨를 모시는 몸이지요. 여남제일표국이라던 유가표국이 망했을 때, 그분을 거두어주신 이가 바로 방주님이셨습니다.”

“유화란도 그 자리에 있었소?”

금 노인이 고개를 저었다.

"방주께선 아씨와 예소, 두 제자는 남겨 두고 회담 자리에 나가셨습니다. 어쩌면 마음 한구석으로는 이런 일을 예상하셨던 건지도 모르지요."

그때 전포 바깥이 소란스러워졌다.

현월이 힐끔 뒤를 돌아보니 은호방의 무사들이 우르르 모여들고 있었다.

다시 금 노인을 돌아보니 지난번과 마찬가지로 놋쇠 종을 들고 있었다.

표정은 죄책감과 미안함으로 한껏 일그러진 상태였다.

"이 늙은이가 그곳에서 어찌 살아남았겠습니까? 은호방주는 충성뿐 아니라 능력을 원했습니다. 그리고 이 늙은이의 능력이라곤 하나뿐이지요. 쓸데없이 아는 게 많다는 것 말입니다."

"정보를 수집하려는 이가 있으리라 생각했겠군."

"예. 누군가가 아씨를 찾아오리란 것을 은호방주는 예상하고 있었습니다. 그 목적이 복수가 되었든, 사룡방의 재건이 되었든 말입니다."

"그런 자가 찾아오면 종을 울리라 한 거요?"

"그렇습니다. 이 주변에는 이미 감시자가 쫙 깔려 있습니다. 사람이 찾아온 뒤에도 일각 내에 종을 울리지 않으면 저는 죽습니다."

현월은 어깨를 으쓱했다.

"상관없소. 그나저나 유화란과 담예소는 아직 살아 있는 모양이군."

"예. 그곳에 대피해 계십니다."

이 마당에 그곳이라 한다면 한 군데밖에 없었다.

고개를 끄덕인 현월이 담담한 투로 물었다.

"은호방주에겐 알리지 않았소?"

"알렸을 리가 있겠습니까? 그것만큼은 목에 칼이 들어와도 함구할 것입니다."

"알겠소."

현월은 대화를 끝내고 밖으로 걸어 나갔다.

죽립 너머로 보니 몰려든 무인의 숫자는 스무 명 정도였다.

그중 우두머리로 보이는 자가 운을 뗐다.

"무슨 일로 찾아온 건지는 몰라도 넌 여기서 죽는다. 그게 싫걸랑 엎드려서 목숨을 구걸해라. 팔다리를 부러트려 방주님께 데려갈 것이니, 네 생사여탈은 그분께서 정하실 것이다."

"틀렸다."

현월은 장검을 뽑았다.

"그자의 생사여탈을 내가 정한다."

"이런 미친……."

현월은 죽립을 벗어서 그대로 던졌다.

죽립은 모서리 부분에 날을 세워 놓은 특수 제작품이었는데, 회전할 때의 날카로움은 여느 칼날 못지않았다.

회전하여 날아간 죽립이 우두머리 무인의 어깨를 스쳤다.

스팟 하는 소리와 함께 시뻘건 핏방울이 튀었다.

"크윽!"

대처하기 힘들 속도의 기습.

이를 악물고 버티고 있자니, 현월은 이미 지척까지 접근한 뒤였다.

칼날이 그리는 은색 곡선이 무인의 목을 한 바퀴 휘감았다.

다음 순간 겨울 공기 사이로 새하얀 김이 확 피어올랐다.

뜨끈한 혈액에서 뿜어져 나오는 김이었다.

"죽여!"

"해치워라!"

뒤늦게 무인들이 반응했다.

그때 이미 현월은 월령보를 펼쳐 그들 사이로 뛰어든 뒤였다.

한바탕 검무가 펼쳐졌다.

은색 궤적이 그려진 자리에선 어김없이 새빨간 핏물이 튀었다.

겨울비 쏟아지는 거리가 삽시간에 붉게 물들었다.

무인 스물이 전멸하는 데엔 일각도 채 걸리지 않았다.

금 노인은 반쯤 벌어진 입을 다물지 못했다.

'저자가 강하다는 거야 지난번에도 확인했지만…….'

지금에 비하면 그때의 현월은 걸음마도 떼지 못한 수준이나 다름없었다.

대체 어떤 기연을 얻어야 단기간에 저만큼이나 강해질 수 있단 말인가?

그새 현월은 검을 회수하고서 걸음을 떼고 있었다.

경공을 펼쳐 건물 위를 내달리지도 않았다.

어둠 속으로 숨어들지도, 인적 없는 곳으로 달려가지도 않았다.

그저 말없이 거리를 걸어갈 뿐.

숨어드는 쪽은 오히려 암흑가의 무인들이었다.

이곳이 본디 사룡방의 구역이기 때문이었다.

그들은 현월에게 알게 모르게 희망을 걸고 있었다.

은호방주를 해치우고 사룡방의 이름으로 암흑가를 일통하리란 희망을.

물론 현월로선 알 바 아닌 일이었다.

* * *

대나무 숲 어귀에 들어섰을 때 현월은 걸음을 멈췄다.

육안으로 확인하기 힘들 만큼 미세한 은잠사(銀蠶絲)가 전방에 펼쳐져 있었다.

멋모르고 그대로 걸었다가는 피부가 잘려 나갔으리라.

'그리고…….'

은잠사는 시작에 불과했다.

그것을 피해 안으로 들어가려 한다면, 나뭇잎에 가려진 덫이 발목을 잘라놓을 것이다.

그것을 운 좋게 건너뛰기라도 한다면 대나무 사이에 설치해 둔 밧줄 함정이 발동한다.

밧줄 끝에 연결된 죽창이 후방으로부터 등허리를 뚫고 들어올 터였다.

제법 정교하게 펼쳐진 함정들.

그것도 하나하나가 연계되게끔 만들어놓은 것은 보통 솜씨가 아니었다.

그저 상대가 좋지 않을 뿐.

현월은 허공에다 검격을 뿌렸다.

암천비류강기(暗天飛流罡氣)라 불리는 검기에 의해 은잠

사가 산산이 끊어져 흩날렸다.

부자연스럽게 흐트러진 댓잎들을 헤쳐 놓으니 과연 곰 사냥용 대형 덫이 나타났다.

미리 호신강기를 펼쳐 놓지 않는다면 절대 고수조차 발목이 잘리는 걸 피할 수 없을 터였다.

검극으로 용수철 부분을 눌러 덫이 다물어지게 했다.

그런 후에 잎 아래에 숨겨진 밧줄을 잘라내니 죽창이 엉뚱한 방향으로 날아갔다.

"이 정도면 방문 인사로는 충분한 듯하오만."

현월이 그렇게 중얼거리니, 멀지 않은 위치에서 몇 개의 인영이 나타났다.

그 사이엔 익숙한 얼굴도 있었다.

"오랜만이구나."

현월의 말에 담예소가 고개를 끄덕였다.

그녀는 당장이라도 울 것 같은 표정이었다.

그리고 그건 그녀를 붙들고 있는 미녀 역시 마찬가지였다.

"무슨 낯으로 여기에 나타난 거죠?"

유화란이었다.

몇 날 며칠을 통곡한 듯 목소리는 갈라져 있었고, 두 눈은 충혈된 데다 눈자위까지 퉁퉁 불어 있었다.

그럼에도 특유의 미색을 잃지 않은 것이 어찌 보면 대단하기도 했다.

'그리고…….'

그녀들의 옆으로 사내가 둘 있었다.

한 사람은 현월보다 머리 하나는 더 큰 거한이었다.

호승심이 가득한 얼굴에다 솥뚜껑 같은 손에는 길쭉한 장창을 쥐고 있었다.

장창의 길이는 못해도 일 장은 됨 직했다.

다른 한 사내는 왜소한 체구였다.

동물의 가죽으로 만든 옷을 입고 있었는데, 얼굴에 경악이 가득한 걸로 보아 함정을 설치한 장본인인 듯했다.

"무슨 낯으로 여기에 나타났느냐고 물었어요."

유화란의 언성이 높아졌다.

목소리에 약간이지만 살기마저 어려 있는 게, 여차하면 공격할 기세였다.

현월은 담담히 말했다.

"스승의 일은 유감이오."

유화란은 입술을 깨물었다.

그녀 역시 머리로는 알고 있었다.

그 자리에 현월이 있었다 한들 크게 바뀌는 것은 없었으리라는 점을.

몇 수만에 사룡방주를 거꾸러트린 무사의 무공은 실로 압도적인 것이고, 그것은 녹림도 이백을 해치운 현월이라 하여 대적할 수준이 결코 아니었다.

그렇더라도 야속한 마음이 드는 것은 어쩔 수 없었다.

다른 무엇보다도, 현월의 냉랭한 태도가 잊히질 않았다.

"알고 있어요. 당신이 있었더라도 달라질 건 없었을 거라는 것. 스승님의 제안을 받아들였다면 오히려 당신도 그곳에서 죽었거나 굴욕을 당했겠죠."

"……."

"소아 때문에 온 거죠? 걱정하지 말아요. 이 아이는 곧 다른 곳에 맡길 거니까."

"언니!"

담예소가 말도 안 된다는 듯 소리쳤다.

유화란은 담예소의 머리칼을 쓰다듬으며 말했다.

"여기에 계속 같이 있을 순 없어. 우리는 곧 구용단과 결판을 내야 하니까."

구용단은 곧 은호방주의 본명이었다.

"그자를 습격할 계획이라도 있소?"

현월의 물음에 반응한 이는 장창을 쥔 거한이었다.

"네가 상관할 바가 아니다."

그는 장창을 허공에서 한 바퀴 회전시키더니 이내 끝부

분을 잡아 현월을 겨냥했다.

장창의 길이도 길이거니와, 거기에 거대한 체구까지 더해지니 그 모습이 꽤나 장관이었다.

실제로 거한의 완력과 기술은 상당히 뛰어났다.

족히 수십 근은 될 법한 장창을, 그것도 끄트머리를 쥔 채 지탱한다는 것은 보통 힘으로 가능한 일이 아니었다.

현월이 물끄러미 쳐다보니 거한이 재차 말했다.

"마원용이라 한다. 사룡방주에게는 오래전에 빚을 진 적이 있지."

"현월이오."

"녹림맹을 홀로 궤멸시켰다는 그자였군. 하지만 이번 일과는 관련이 없는 걸로 아는데? 설마 이제 와서 사룡방주에게 미안한 마음이라도 든 건가?"

"그건 아니지만 은호방주와 싸워야 할 이유가 생기긴 했소."

"이제 와서 말인가?"

"그렇소."

마원용이 힐끔 유화란을 돌아봤다.

어떻게 하겠느냐는 의미.

유화란은 여전히 적개심을 버리지 않은 표정이었다.

"스승님의 원수를 갚고자 하는 건 아닐 테고, 그 이유라는 게 대체 뭐죠?"

"그걸 설명할 의무는 없소. 이곳에 온 이유는 그쪽이 앞서 말한 대로 괜찮은지 확인하려는 것뿐이었고."

"그럼 그 이유라는 걸 힘으로 알아내면 되겠나?"

마원용이 창을 회수하며 성큼 앞으로 나섰다.

순간 그의 발밑에서 콱 하는 소리가 울렸다.

사냥용 덫을 밟았던 것이다.

"흥."

마원용은 한쪽 무릎을 꿇고서 덫의 아가리를 양쪽으로 잡아당겼다.

가죽신마저 꿰뚫은 덫의 이빨은 그의 발을 파고들진 못했다.

아마도 호신강기를 둘러놓았던 모양이다.

왜소한 체구의 사내가 이맛살을 찌푸렸다.

"그 자리에 덫을 놓았다고 몇 번이나 설명했잖소."

"그걸 내가 일일이 기억해야 하나?"

"뭐, 됐소. 장형에게 그런 섬세함을 기대한 적은 없으니."

마원용은 덫을 아무렇게나 내던졌다.

"그나저나 네 실력도 다 녹슨 것 같구나, 아우야. 아까 보니 저 녀석이 너무도 간단히 파훼하던데."

왜소한 체구의 사내는 긴장한 얼굴로 대꾸했다.

"저자는 고수요. 그것도 암살행에 도가 튼."

"암살행?"

"은잠사를 알아보기란 쉬운 일이 아니오. 그 얇기란 거의 거미줄에 근접할 정도니까. 촘촘하게 펼쳐진 은잠사를 뚫고 가는 방법은 대개 하나뿐이오. 호신강기를 몸에 두르고 돌파하는 거지."

"내가 하는 것처럼 말이지?"

"그렇소. 그런데 저 사내는 한 번 훑어본 것만으로 그것을 간파했소. 단순히 강하기만 한 게 아니라 그만큼의 경험과 눈썰미가 있다는 거지."

사내의 시선이 현월을 훑었다.

"대체 저 나이에 어디서 그것을 축적했는지는 모를 일이지만."

"……."

현월이 대꾸하지 않는 반면 마원용은 잘됐다는 듯 웃음을 지었다.

"재미있겠군. 녹림맹을 홀로 궤멸시켰다는 실력을 확인해 봐야겠어."

"마 대협, 잠시만요."

유화란이 마원용을 말리고 나섰다.

"그와 따로 얘기를 나누고 싶어요."

"내 볼일이 끝난 후에 하시게. 요 며칠 동안 여기에만 틀어박혀 있었더니 좀이 쑤실 지경이야."

"며칠만 있으면 지겨울 정도로 싸울 수 있을 거예요. 조금만 더 참아주실 수 없을까요? 이 일은 제게 맡겨주세요."

마원용은 미간을 찌푸렸지만 더 고집을 피우진 않았다.

"할 수 없지. 사룡방주와의 빚도 있고 하니."

"감사해요."

유화란이 현월을 돌아봤다.

"그럼 확인도 했으니 이제 돌아갈 일만 남았겠군요? 돌아가세요. 연민이란 게 남아 있다면 이곳의 위치를 발설하진 않으리라 봐요."

"은호방주를 급습할 계획이오?"

"그게 궁금한가요? 그래요. 내가 할 수 있는 일이라면 스승님의 복수를 하는 것뿐이니까요."

"개죽음을 당할 거요."

잠자코 있으려던 마원용이 움찔했다.

현월의 말이 다시금 그의 호승심을 건드린 것이다.

그래도 유화란에게 말한 게 있어 달려들거나 하진 않았다.

"길고 짧은 건 대봐야 알죠."

"대보지 않더라도 확인할 수 있는 차이란 것도 있는 법이오."

"그렇게 말하는 건 역시 스승님을 살해한 정체불명의 고수 때문이겠죠? 그가 강하다는 건 알고 있어요. 하지만 우리의 목표는 구용단 하나예요. 그 개자식을 없앨 수 있다면 목숨을 버리게 된다 해도 상관없어요."

"그건 소저 혼자만의 생각이라 보오만."

유화란은 왈칵 치솟으려는 눈물을 애써 삼켰다.

"그럼 잠자코 숨어 지내라는 건가요? 스승님이 계시지 않는 거리에서 놈이 떵떵거리는 모습을 지켜보며, 시궁창을 돌아다니는 쥐처럼 숨죽이고 살아가라는 거예요?"

"아니, 기다리라는 거요."

"대체 무엇을 말이죠?"

"놈이 죽는 것을."

유화란은 눈을 깜빡거렸다.

잠시 동안이지만 현월의 말을 이해하지 못한 것이다.

"말했잖소. 놈과 싸울 거라고."

"설마 현검문을……."

"아니, 싸우는 건 나 혼자요."

현월은 담담한 어조로 내처 말했다.

"쉽게 말해서, 방해하지 말라는 소리요."

유화란은 할 말을 잃었다.

그녀로서는 현월이 장난이라도 치는 건가 싶을 따름이었다.

말이야 필요 없다는 식으로 하긴 했지만, 현월이 가세한다면 무엇보다 큰 힘이 되리란 것은 누구보다도 그녀가 잘 알고 있었다.

그의 실력을 가장 가까이에서 목도하기도 했으니까.

협력이 꺼려지는 것은 그저 스승의 죽음으로 인한 반발심 때문일 뿐.

냉정하게 생각했을 때 그녀와 사룡방의 잔당은 지푸라기라도 잡아야 할 상황이었다.

그런데 현월은 그렇지 않았다.

협력을 거부함에서 멈추지 않고 아예 방해하지 말라고 못을 박았다.

당연하다는 듯 사룡방과 그녀를 방해물로 인식하고 있었다.

"하하하하!"

마원용이 웃음을 터트렸다.

그는 눈물마저 글썽이며 연신 낄낄거렸다.

"이거 미쳐도 보통 미친놈이 아니었군. 방해하지 말라고? 기다리고나 있으라고?"

그 순간 유화란은 보았다.

장창을 쥔 마원용의 오른팔이 크게 부푸는 것을.

"마 대협!"

"건방진 놈!"

한 차례 허공을 쓸어 담고는 일직선으로 내찌르는 일격.

창극에서부터 뻗어져 나온 창강이 뱀처럼 꿈틀거리며 현월에게 쇄도했다.

현월은 몸을 트는 동시에 크게 물러났다.

그 결과 좌측방으로 피하는 형태가 되었고, 아슬아슬하게 창강을 흘려보낼 수 있었다.

콰아앙!

대나무 숲의 일부가 그대로 박살 났다.

몇 그루의 대나무가 허공으로 비산했다가 땅에 내리꽂혔다.

마원용은 눈을 부릅떴다.

설마 피하리라고는 생각지도 못했던 것이다.

'전력을 담아낼 수 있는 최고의 속도로 찔렀거늘. 경공과 보법이 특출한 놈인가?'

물론 그는 쾌격보다는 강격 쪽에 능숙한 체질이었다.

그렇다고 해도 창술만큼은 하남 최고라 여기고 있었고, 실제 그 실력은 자신감에 크게 뒤쳐지지 않았다.

그런 그의 절격을, 어찌 되었든 놈은 어렵잖게 피해 버린 것이다.

"재미있군."

마원용의 호승심에 불이 붙었다.

이렇게 된 이상 한 판 크게 붙어 누가 진정 위인지 가려 보는 수밖에 없었다.

그때 유화란이 급히 그의 앞을 가로막았다.

"제게 맡긴다고 하셨지요? 스승님께 진 빚을 생각하겠다고 하셨지요?"

"비키시게. 이미 그런 것을 생각할 단계는 지나갔네."

"비키지 못하겠어요. 여기서 싸웠다간 놈들에게 발각된다는 것을 모르시겠어요? 어쩌면 조금 전의 굉음을 들었을지도 몰라요."

현실적인 지적이었다.

"그건… 그렇군."

자신감 빼면 시체인 마원용이었지만 머리까지 돌인 것은 아니었다.

준비조차 제대로 안 된 지금 은호방의 무사들이 들이닥친다면 개죽음을 당하고 말 것이다.

유화란은 현월을 똑바로 응시했다.

"복수를 포기할 순 없어요. 지금 내가 할 수 있는 거라고는 그것뿐이니까요."

"……알겠소."

현월은 그녀를 말릴 수 없음을 직감했다.

애초에 그 역시 마찬가지였기 때문이다.

암제가 되어 유설태의 수족으로 부려졌던 것은 현월이 지닌 복수심 때문이었다.

복수심은 모든 감정을 짓밟아 버리고, 맹신과 집념만을 남겨놓는다.

한 번 복수심에 몸과 마음을 맡긴 이상, 다른 것은 생각할 수조차 없게 된다.

"그리고 후회하게 될 때쯤엔 이미 돌이킬 수 없지."

"뭐라고요?"

"아니, 아무것도 아니오."

몸을 돌린 현월이 지나가는 투로 덧붙였다.

"그리고 이곳은 조만간 놈들에게 발각될 거요. 다른 근거지를 찾아보는 게 좋을 거요."

"설마 이곳의 위치를 누설한 건가요?"

"그건 아니지만, 누설할 만한 자가 있다는 건 알고 있지."

"금 노괴는 그런 사람이 아니에요."

"그가 그런 사람이고 말고는 중요한 게 아니오. 혈교도에게 있어 타인을 홀리는 일쯤은 아무것도 아니니까."

"네?"

현월은 더 대꾸하지 않고 멀어졌다.

그리고 유화란은 그가 이미 충분히 설명해 줬다는 느낌을 받았다.

5장

혈공

집으로 돌아오는 길.

현월은 자신의 몸에서도 김이 피어나고 있다는 것을 느꼈다.

"……."

마원용 때문은 아니었다.

본인이야 어떻게 생각할지 모르나, 현월에게 있어 그의 창격을 피하는 건 그리 어렵지 않은 일이었으니까.

결국 이 열기는 그가 스스로 흘리고 있는 것이라 봐야 했다.

현월은 그 이유를 잘 알고 있었다.

'혈교!'

그 아름을 떠올릴 때마다 가슴 깊은 곳에서 노기가 끓어 올랐다.

허공을 응시하는 두 눈에는 절로 핏발이 서고, 꽉 다문 주먹 사이로는 가느다란 선혈이 흘렀다.

이제는 현월의 기억 속에만 남아버린 이십 년의 시간.

그 시간을 가로지르는 좌절감과 분노가 다시금 깨어나는 것이었다.

당장이라도 은호방에 짓쳐 들어가고 싶었다.

보이는 놈들을 모조리 도륙하고, 마지막으로 나찰혈괴장을 익힌 혈교의 무인을 참살하고 말리라.

그러나 그럴 수는 없다.

끓어오르는 혈기가 이끄는 대로 행동하기엔 제약이 너무 많았다.

우선은 현검문의 안위를 손봐야 했고, 혈교의 무리가 과연 그 한 명뿐인지도 알아볼 문제였다.

문제는 그것을 알 만한 자가 없다는 점이다.

기껏해야 당사자인 은호방주 정도일 테지.

'대체 그자는 어떻게 혈교와 접촉한 것일까.'

아니, 아니다.

현월은 고개를 가로저었다.

유설태의 진의에 대해 조금씩 의혹을 느끼던 무렵.

현월은 통천각과 무림맹의 서고 등을 통해 혈교에 관한 정보를 수집했었다.

그때 알게 된 것 중 하나가 혈교의 행동 강령이었다.

그들은 접촉하고 싶다 하여 접촉할 수 있는 무리가 아니었다.

한 차례 정파 무림에 의해 패망에 가까운 타격을 입은 뒤, 그들은 중원의 가장 깊고 어두운 곳으로 숨어버렸다.

그 과정에서 정해진 강령이 이것으로, 혈교에서 접촉해 올 수 있을지언정 누군가가 먼저 혈교와 접촉하는 것은 불가능했다.

말단 나부랭이들이라면 혹 모를까, 수뇌부만큼은 철저히 비밀에 부쳐져 있었다.

그런 채로 그들은 강호 무림 곳곳에 심어져 있었다.

유설태 역시 그중 하나였고 말이다.

'그렇다면 역시 혈교 측에서 은호방주에게 접근했다는 것인데.'

그 순간 현월의 머릿속에 한 사람의 얼굴이 스쳐 지나갔다.

'관수원!'

생각해 보면 시기도 절묘하게 맞아떨어졌다.

그가 현무량을 찾아왔던 시점과 치정 살인이 벌어졌던 시점이 거의 일치했으니 말이다.

모든 것이 그때 시작되었다.

현월은 덜컥 걸음을 멈췄다.

정말 그런 거라면 무림맹으로 떠난 현무량이 위험했다.

그러나 그것도 벌써 상당한 시간이 흐른 뒤가 아니던가.

'설마 아버지께서…….'

머릿속이 캄캄해지는 기분이었다.

겨우 현검문과 가족들을 지켰다고 생각했거늘, 이렇게 어처구니없이 아버지를 잃게 된다면…….

"오라버니?"

현유린의 목소리였다.

정신을 차려 보니 어느새 문지방을 넘어서고 있었다.

그저 정처 없이 걸었다고 생각했거늘 자기도 모르게 집으로 향하고 있었나 보다.

그녀는 마루 위에 근심스러운 얼굴로 서 있었다.

"왜 그렇게 비를 맞고 계세요? 가져갔던 죽립은 어쩌고요?"

"유린아……."

"어서 올라오세요. 그러다 감기 걸리겠어요."

말을 꺼내놓고서 아차 하는 얼굴을 하는 현유린이었다.

예전이라면 모르되, 지금의 현월이 이 정도에 감기가 걸릴 리 없었던 것이다.

"죄송해요. 말이 잘못 나왔네요."

"아니, 아니다."

현월은 비틀거리며 마루로 걸어갔다.

그 모습에 현유린이 화들짝 놀랐다.

"정말 어디 아프신 거예요?"

"유린아, 나는……."

대답하려던 현월의 시선이 현유린의 손에 고정되었다.

그녀가 두루마리 하나를 쥐고 있었다.

시선을 느낀 현유린이 말했다.

"아, 이거요. 오늘 도착했어요. 아버지께서 보내신 서신이에요."

현월은 맥이 탁 풀리는 기분이었다.

* * *

현무량에겐 별탈 없는 모양이었다.

서신에는 무림맹주를 알현한 얘기와 이런저런 사담들이 적혀 있었다.

필적으로 봐서 조작의 가능성은 거의 없었다.

그제야 현월은 비로소 안심이 되었다.

'다행이다.'

생각해 보면 너무 넘겨짚은 면이 컸다.

현월이야 진실을 알고 있기에 그런 의심을 했다지만, 기실 유설태나 관수원의 입장에서는 현검문에 의혹의 눈초리를 보낼 이유는 없었던 것이다.

물론 녹림맹을 뒤에서 조종한 것은 무림맹이고, 그들로서는 현검문이 멸문당하는 게 모양새가 좋기는 했다.

그러나 그게 실패했다 하여 직접 나서는 것은 말도 안 됐다.

'놈들로선 아직 숨을 고를 시기일 테니까.'

결국 차선책은 현검문을 포용하는 것일 터였다.

또 다른 녹림맹을 만드는 것보단 그쪽이 여러모로 간편할 테니까.

'그 역할을 맡은 자가 관수원이라 친다면, 놈이 이곳에 온 것은 두 가지 이유 때문인가.'

하나는 물론 현무량을 포섭하는 것.

다른 하나라면 암흑가에 혈교 무인을 심어놓는 것일 터였다.

현월은 잠시 머릿속을 정리했다.

본래 현검문이 멸문당한 후, 여남은 흑도 무림의 차지였다.

잠시 동안이지만 은호방과 사룡방의 위세가 하늘을 찔렀던 것이다.

그러나 녹림맹은 복수라는 미명 하에 삽시간에 정리를 당했다.

그 이후로 숙청당한 것은 암흑가였고, 여남은 정파 무림의 손아귀에 들어갔다.

그리고 그것은, 실제로는 혈교의 손아귀에 넘어간 것이라 할 수 있었다.

여남을 차지한 문파들은 유설태와 긴밀히 연결된 곳이었던 것이다.

결과적으로 여남은 혈교의 손아귀에 들어갔고, 그들은 이십 년 동안 여남을 기반으로 힘을 키우게 된다.

비슷한 형태로 혈교에게 넘어간 도시들이 각 성마다 하나씩은 있었다.

그리고 그들은 이십 년 후에 일제히 궐기하여 마침내 무림맹을 무너트린다.

'일단은 그것이 실패했으니, 방법을 바꾼 모양인가 보다.'

순서만 바뀐 셈이다. 현검문을 먼저 치고 암흑가를 치려던 것에서 암흑가를 먼저 치고 현검문을 치는 것으로.

'아버지를 포섭하려 한 것은 일단 숨을 고르기 위함일 테지. 어쩌면 맹주의 입김이 작용한 것인지도 모르겠고.'

무림맹주 남궁월은 공명정대한 인물이다.

구원군을 보내지 못한 데 대해 상당한 책임감을 느꼈음이 틀림없다.

유설태를 비롯한 혈교의 무리로서도 일단은 눈치를 보지 않을 수 없을 터.

결국 당면한 문제는 암흑가 하나뿐이었다.

나찰혈괴장을 펼치는 무인과, 그와 손을 잡은 은호방주 구용단.

그들을 처리하는 것이 현월 앞에 놓인 과제였다.

* * *

밤공기가 기류를 타고 흐를 때면 으레 대나무 숲에서 흐느낌 같은 소리가 퍼져 나왔다.

무지한 이들은 귀신의 곡소리라 여기기도 하고, 익숙한 이들은 아리따운 음률이라며 귀를 기울이기도 한다.

은호방주 구용단은 그 어느 쪽도 아니었다.

피리 같은 바람 소리야 귀를 따갑게 만드는 소음에 불과했다.

그래도 지금만큼은 참아줄 수 있었다.

오늘은 그의 기분이 무척이나 좋았기 때문이다.

"이곳에 꼭꼭 사이좋게들 숨어 있었군."

구용단은 끌끌거리며 혀를 찼다.

그의 옆에는 탄탄한 체구의 청년이 서 있었다.

또한 뒤편으로는 은호방의 최정예 무인 오십여 명이 포진한 상태였다.

청년의 어깨에는 무언가가 들쳐져 있었는데, 주기적으로 꿈틀거리는 모양새는 분명 사람의 것이었다.

곤죽이 되다시피 한 금 노인이었다.

피투성이가 되어 간헐적으로 경련하고 있는 것이, 당장 죽어도 이상할 게 없는 모습이었다.

"참 지독한 늙은이란 말이지. 포를 뜨고 팔다리를 꺾어도 모르쇠로 일관하다니. 하마터면 정말 넘어갈 뻔했지 뭔가."

은호방주가 새하얀 턱수염을 쓰다듬으며 웃었다.

"혈공의 도움이 아니었던들 일이 귀찮아질 뻔했소이다."

"……."

혈공이라 불린 청년은 대꾸하지 않은 채 전방만을 응시했다.

무시당했다는 기분에 은호방주는 불쾌감을 느꼈지만 이내 그것을 털어냈다.

어찌 되었든 무림은 강자존.

그리고 눈앞의 새파란 애송이는, 외관과 달리 자신과 동격인 사룡방주를 간단히 제압한 초고수였다.

"그나저나……."

은호방주는 눈매를 좁혔다.

"현검문의 그 개자식도 손을 봐줘야 할 텐데 말이지."

장죽전의 일도 있거니와, 오늘 낮에 또다시 스무 명의 수하를 놈에게 잃었다.

그것이 금 노인을 족치는 계기가 되긴 했지만, 입맛이 쓴 것만은 어쩔 수 없었다.

"뭐, 여기 놈들을 처리한 후에 놈도 손봐주면 될 일이니."

은호방주가 손을 가볍게 저었다.

그것을 신호로 은호방의 무사들이 전진하기 시작했다.

"유화란 그 계집은 상하지 않게 해라. 여남의 백일매를 그냥 죽여서는 아까운 일이니."

머리가 희끗하다고는 하나 옷 한 꺼풀만 벗기고 나면 젊은이보다 건장한 체구가 도사리고 있는 은호방주였다.

유화란에게 음심이 동하는 것도 어찌 보면 당연했다.

사사사삭.

대나무 숲을 헤치며 무사들이 나아갔다.

은호방의 정예임을 증명이라도 하듯, 그들은 대오를 갖추어 전진해 나갔다.

스슥.

완벽하던 대오에 돌연 균열이 생겼다.

무사 중 하나가 걸음을 멈췄던 것이다.

근처에 있던 무사들이 의아해하던 차, 멈춰 선 무사의 머리가 목에서 떨어졌다.

"……!"

"함정이다!"

누군가가 소리쳤다.

그들 중 눈썰미 좋은 몇 명이 숲 곳곳에 쳐져 있는 은잠사를 발견했다.

"은잠사 그물이다."

무사들이 검을 빼어 들었다.

알지도 못하는 새에 목을 베어 버릴 만큼 날카로운 게 은잠사였지만, 검기를 실은 칼날을 버텨낼 정도로 강건하지는 않았다.

무사들은 전방으로 검을 휘두르며 나아갔다.

투툭 하고 은잠사들이 끊어지는 것이 느껴졌다.

물론 그것이 환영 인사의 끝은 아니었다.

철컹!

"크아아악!"

발목이 잘려 나간 무사가 모골이 송연해지는 비명을 토했다.

이파리에 감춰 놓은 덫들은 밤의 어둠 속에서 한층 은밀해져 있었다.

"으아악, 아아악!"

덫에 걸린 무사의 발목에선 피가 철철 흘러넘치고 있었다.

피부가 찢기는 수준이었다면 어찌 봉합이라도 할 텐데, 발목 자체가 절단난 이상 어쩔 도리가 없었다.

휘릭!

푸른빛 검기가 허공을 격했다.

비명을 토하던 무사가 일순 파르르 몸을 떨더니 혀를 빼물고 쓰러졌다.

무사의 이마에는 자그마한 구멍이 뚫려 있었다.

"시끄러워 죽겠군."

짜증 섞인 목소리로 중얼거리며 유호방주가 검을 회수했다.

십 장도 넘는 거리를 한순간에 격하는 검격은 과연 여남 암흑가의 지배자다웠다.

“함정에 겁을 먹고 어물쩍거리는 놈이 있다면 똑같이 만들어주겠다.”

은호방주의 한마디에 무사들의 전진 속도가 다시 빨라졌다.

그들은 이제 아예 대나무 숲 자체를 부수면서 나가기 시작했다.

덫을 피하기 위해 경공을 펼치는 동시에 검을 휘둘러 나무들을 박살 낸다.

죽창을 쏘아내는 함정이 발동되기도 했지만 빠르게 경공으로 나아가니 맞을 일도 없었다.

그러던 한순간.

얼마 남지 않은 대나무 숲 너머에서 백색 강기가 번뜩였다.

콰드드득!

뱀처럼 꿈틀대며 쇄도해 오는 창강이었다.

대나무들을 박살 내며 날아든 창강은 가장 앞서 있던 무사를 그대로 집어삼켰다.

콰과과광!

숲의 일부가 그대로 박살 났다.

직격당한 무사는 시체조차 찾을 수 없게 되었다.

그 너머로 마원용이 모습을 드러냈다.

"개 같은 놈들이 냄새 하나는 기막히게 맡았나 보구나. 그런데 어쩌지? 여기가 네놈들의 무덤이 될 텐데 말이다."

안력을 돋운 은호방주가 신경질적인 웃음을 터트렸다.

"어떤 놈인가 했더니 개망나니 마가 놈이 아니더냐. 이미 뒈진 지 오래인 사룡방주 놈의 엉덩이를 아직도 핥고 있느냐?"

"어디서 개가 짖나 했더니 구용단 네놈이었군. 강한 놈 뒤에 숨어서 사룡방주를 죽이고 나니 후련하더냐?"

"후련하다마다. 녀석의 길동무로 네놈을 보낸다면 약간 남은 마음의 시름도 덜게 될 것 같군."

"자존심도 없는 놈. 여남을 좌지우지한다는 놈이 이름도 없는 개자식 바짓가랑이나 붙드는 꼬락서니라니."

은호방주의 얼굴에서 미소가 사라졌다.

"되는 대로 지껄여 대는 건 예나 지금이나 똑같구나. 그 얼굴 가죽을 벗겨낸 뒤에도 떠들어댈 수 있는지 궁금하군."

"정 궁금하면 네놈 낯짝이나 벗겨내든가."

"죽이겠다!"

은호방주가 허공을 박차 내달렸다.

수십 장 거리를 단번에 좁히는 경공술은 마원용조차 절

로 긴장하게 만들었다.

'개자식. 실력은 녹슬지 않았군.'

마음에 드는 것 하나 없는 늙은이였지만 실력만큼은 진국이었다.

'그런 개자식이 한 수 접고 들어가는 저놈은 대체 뭐지?'

마원용의 시선이 청년, 혈공을 훑었다.

'체격이 탄탄하다긴 하다만 그 정도야 웬만한 놈도 마찬가지고…….'

척 봐서는 그다지 대단할 게 없는 모습이었다.

'마치 그놈 같군.'

그 순간 마원용이 떠올리는 이는 다름 아닌 현월이었다.

"미친놈, 이 와중에 한눈을 파느냐!"

어느새 지척까지 접근한 은호방주가 검격을 뿌렸다.

마원용은 황급히 물러나며 애병 비월창(飛月槍)을 회전시켰다.

차르르륵!

칼날과 창대가 부딪치는 순간, 은호방주는 하마터면 검병을 놓칠 뻔했다.

물레방아처럼 회전하는 창의 궤적에 자기도 모르게 휩쓸릴 뻔한 것이다.

돌진하려던 것을 멈추고 황급히 뒷걸음질을 쳤다.

그것을 보자마자 마원용이 곧장 창을 내찌르며 들어왔다.

"이런 개 같은……!"

은호방주가 수세에 몰린 모양새였다.

내력 면에서 우위를 점하고 있음에도 단번에 기선을 제압당한 것이다.

창수와 검수의 대결, 그것도 비슷한 수준의 실력자끼리라면 그 승패를 결정짓는 것은 거리였다.

접근하면 검수의 승리.

접근하지 못하게 하면 창수의 승리.

그리고 마원용은 검수와의 싸움이라면 이골이 날 대로 난 인물이었다.

반면 은호방주 구용단은 창수를 그다지 자주 접하지 못했다.

창이라는 무기 자체가 말단 병졸이나 쓰는 것이란 인식이 박혀 있긴 했지만 그 실상을 파고들어가 보면 얘기가 조금 달랐다.

장소에 따라 창은 검을 압도하는 무기가 된다.

예컨대 지금처럼 곳곳에 나무가 박혀 있는 숲 같은 곳에서는 말이다.

절정의 창수들은 비슷한 시간을 들여 수련한 검수 둘 이상을 홀로 상대해 내기도 한다.

거리와 장소의 이점을 충분히 활용한다는 전제가 붙을 때의 얘기이긴 했지만 말이다.

그리고 마원용은 얄미울 정도로 그 이점을 활용하고 있었다.

공격은 거의 구 할이 찌르기였다.

대나무가 곳곳에 박혀 있으니 당연하다면 당연한 얘기였다.

이따금 동작이 큰 공격을 펼친다 해도, 은호방주로서는 쉽사리 치고 들어갈 수가 없었다.

검로가 나가는 방향마다 대나무가 자리 잡고 있었기 때문이다.

물론 은호방주쯤 되는 고수라면 검기를 두를 것도 없이 대나무쯤은 베어버릴 수 있다.

그러나 그것을 베는 과정에서 속도와 예기를 소모할 수밖에 없는 것도 사실.

특히나 속도를 잃는다는 점이 컸다.

마원용이 전력을 다해 공격할 수 있다면 은호방주는 항상 칠, 팔 할의 힘밖에는 발휘할 수 없었다.

더군다나 직선거리를 제압당하고 나니 반격할 기회를 찾기도 힘들었다.

"이런 빌어먹을!"

은호방주가 욕설을 내뱉으며 물러났다.

그것을 본 마원용이 이죽거렸다.

"왜, 또 그놈에게 대신 싸워 달라 부탁하려고?"

"닥쳐라. 네놈만큼은 내 손으로 포를 뜨고 말겠다."

"열심히 해보시지."

비아냥거리면서도 마원용의 시선은 연신 혈공을 훑었다.

'왜 놈은 잠자코 있는 거지?'

은호방 측에 있어 최강의 전력이라 할 수 있으니, 가만히 있어 주면 그로서는 좋았다.

솔직히 놈이 나선다면 돌아보지 않고 줄행랑을 칠 생각이기도 했고.

그러나 이렇게까지 얌전히 있으니 도리어 불안해지는 것도 사실이었다.

'다른 놈들은…….'

은호방의 무사들은 선불리 전진하지 못하고 있었다.

은호방주와 싸우는 와중에도 마원용이 간간이 창격을 펼쳐 견제하고 있기 때문이었다.

그런 데다 당사자인 은호방주는 고전을 면치 못하고 있었다.

장소도 장소였지만 마음의 칼날이 꺾인 것이 컸다.

은호방주 역시 내심 타인의 손을 빌린 것을 마음에 두고 있었던 것이다.

'죽일 수 있을지도.'

마원용이 혀로 입술을 핥았다.

'원래 계획과는 상당히 달라지긴 했지만 말이지.'

원래대로였다면 치고 들어가는 쪽은 그들이었어야 했다.

은호방주가 혼자가 됐을 때를 노려 전력을 쏟아부어 목을 딴다.

'단순하기 그지없는 작전이지.'

하나 그렇기 때문에 전력을 쏟을 수 있는 작전이기도 했다.

생각할 변수가 많아져 봐야 전력만 낭비될 테니까.

결행일은 이틀 후였다.

그런데 이곳이 발각되어 모든 게 꼬이고 말았다.

'하지만 여기서 놈을 죽인다면…….'

이래 가나 저래 가나 가기만 하면 그만인 법이다.

은호방주만 죽어 자빠진다면 휘하 세력은 무서울 것이 없었다.

'죽인다.'

마원용의 살기가 한층 날카로워졌다.

그가 각오를 다졌음을 깨달은 은호방주가 이를 갈았다.

"편법 조금 써서 우위를 점했다고 아주 기고만장하는구나. 네놈이 이 구용단의 목숨을 거둘 수 있을 것 같으냐?"

"어. 널 죽이고 오체분시할 생각이다. 그런 다음 사룡방주 그 노인네 무덤 앞에다 가지런히 갖다 놓을 거다. 그 정도면 저승 가는 길 구경거리로는 충분하겠지?"

"넌 정말 내 손에 죽었다!"

은호방주의 검기가 한층 묵직해졌다.

기술로는 도저히 헤쳐 나갈 방도가 안 보이니 힘으로 밀어붙이기로 한 것이다.

마원용은 혀를 차며 물러났다.

내력의 차이가 확연하다 보니 힘과 힘의 대결은 그가 불리했다.

그래도 나쁘지는 않은 상황이었다.

무한한 내력을 지닌 자는 없는 법.

은호방주가 거세게 몰아칠수록 힘의 소모도 그만큼 빨라지리라.

'게다가…….'

마원용은 혼자가 아니었다.

은호방 무사들의 우측방이 소란스러워졌다.

동시에 좌측방에서도 소란이 일었다.

마지막으로 후방에서 역시 창검이 부딪치는 소리가 울렸다.

그 서슬에 은호방 무사들이 하나둘 쓰러지기 시작했다.

사룡방의 무사들이었다.

그들이 삼방에서 은호방 측을 포위해 옭죄어 들어오고 있었다.

"뭐야?"

은호방주가 검을 회수했다.

마원용은 비웃음 섞인 눈으로 그를 응시했다.

"우리라고 아무 준비도 하지 않았을 것 같나? 네놈들이 쳐들어오리라는 것도 어느 정도는 예상했다. 그러니 그에 대한 대비도 해두지 않았겠나?"

사룡방 무사들은 은호방 측의 배가 넘는 숫자였다.

그들 대부분은 은호방주 아래에서 숨을 죽이고 있던 자였다.

그리고 그 선봉엔 유화란이 있었다.

"구용단!"

살기 어린 일갈이 터지는가 싶더니 그녀 앞을 가로막던 무인 셋이 단박에 갈라졌다.

이는 은호방주도 쉽사리 펼치기 힘든 검기(劍技)였다.

사룡방주의 수제자라고는 해도 실력의 격차는 엄연한 것.

'그것이 진리이거늘.'

은호방주에 비하면 피라미에 불과한 그녀였건만, 짧은 시간 동안 엄청난 성장을 한 듯했다.

복수심을 원동력으로 삼았기에 가능한 일이었으리라.

은호방 무사들은 그새 절반가량이 쓰러졌다.

나머지는 원형진을 짜서는 포위 공격에 대처했지만 위태로운 형국이었다.

"오만함이 지나쳐 고작 저 숫자만 달고 온 게 실수였다. 그간 벌였던 패악에 비하면 꽤나 허무한 죽음을 당하게 되었구나, 구용단."

"……."

"표정이 말이 아니로군. 하긴 곧 뒈질 입장이니 당연하려나?"

"뭘 모르는구나, 마원용."

은호방주는 한껏 구겨진 얼굴로 대꾸했다.

"지금의 내 기분은 물론 최악이다. 하지만 네놈들 때문인 것은 아니다. 네놈들이 이 정도 발악을 하리란 것도 이 구용단이 몰랐을 거라 생각하는 거냐?"

"뭐야?"

"이 숫자만 달고 온 것은 내 뜻이 아니었다. 그자가 말하더군. 적은 숫자만 달고 와야지 놈들이 달아날 생각을 안 할 거라고. 죽는 줄도 모르고 부나방처럼 달려들 거라고."

"그게 무슨 개 같은……."

푸화학!

피의 돌풍이 몰아쳤다.

무사들의 몸이 피를 흩뿌리며 사방으로 튕겨져 나갔다.

학살당하고 있는 이들은 사룡방의 무사였다.

그 사내, 혈공이 그곳에 있었다.

"결국 모두가 그자의 손아귀에서 놀아난 거다. 이 구용단 역시도!"

혈공의 손아귀에서 핏빛 장강이 넘실거렸다.

선명한 빛이 어둠을 몰아낼 때마다 대여섯 명의 무사가 피를 뿌리며 허공으로 치솟았다.

그때마다 무시무시한 후폭풍이 몰아쳐서는 허공에 뿌려진 피를 사방으로 날렸다.

문자 그대로 혈겁풍.

혈공은 엄청난 기세로 무사들을 거꾸러트려 나갔다.

하필 포위망을 짜느라 뭉쳐 있었기에 무사들의 피해가 더욱 커졌다.

"큭!"

은호방주에게 달려들던 유화란이 진로를 바꿨다.

눈앞에서 수하들이 몰살당하는데 그냥 두고만 볼 순 없었다.

그 순간 마원용의 머릿속을 스치는 것은 피를 뿌리며 널브러지는 유화란의 모습이었다.

"제길!"

마원용이 허공을 박차고 내달렸다.

십성 내력을 경공에만 쏟아부으니 단번에 유하란을 추월할 수 있었다.

"물러나라! 개죽음을 당할 셈이냐?"

"비켜주세요!"

마원용은 고개를 저으며 비월창을 들어 그녀를 막았다.

"달아나라. 어디로든 달아나라. 내가 추격을 저지하겠다."

"죽는다면 여기서 같이 죽겠어요!"

"방주 늙은이도 뒈진 마당에 너까지 죽으면 사룡방은 정말로 끝장이다. 그래도 좋으냐?"

"……."

"가라. 복수도 목숨이 붙어 있어야 할 수 있다."

그 말에도 유화란은 쉽사리 발을 떼지 못하고 있었다.

힐끔 시선을 돌리니 은호방주가 쇄도해 오고 있었다.

"가라! 현검문의 그 애송이라도 찾아가라!"

그 말이 채찍이 된 듯, 퍼뜩 정신을 차린 유화란이 몸을 돌렸다.

경공을 펼치는 그녀의 앞을 은호방주가 막으려 했다.

"어딜!"

마원용이 창격을 내질렀다.

유화란의 몸을 아슬아슬하게 비껴가면서 은호방주의 진로를 막아내는 절묘한 초식이었다.

"큭!"

은호방주는 할 수 없이 몸을 틀어야 했다.

유화란은 그 틈을 놓치지 않고 숲 사이로 빠져 나갔다.

"이런 개 같은 새끼가……."

은호방주의 두 눈에서 살기가 넘실댔다.

그래도 그가 더는 두렵지 않은 마원용이었다.

아마도 정말 두려운 이가 있기 때문일 터였다.

'괴물 같은 놈이 말이지.'

혈공은 그새 사룡방의 무사들 대부분을 처리한 상태였다.

유화란과 짤막한 언쟁을 하는 동안 무사 수십을 궤멸시킨 것이다.

마원용으로선 꿈도 꿀 수 없는 경지였다.

그리고 그것은 은호방주 역시 마찬가지일 터.

웃음이 실실 흘러나오는 것은 아마도 그 때문이리라.

"네놈도 볼 장 다 봤구나, 구용단. 여남의 배후를 양분하던 거물이 이제는 정체도 모를 놈의 애완견이 되었군."

"너는 아무것도 모른다. 저자들이 얼마나 두려운 존재인지."

"저자들이라고? 그게 무슨 소리냐?"

"알고 싶으냐? 네가 말한 정체도 모를 놈이란 바로……."

그때 나직한 목소리가 은호방주의 말을 끊었다.

"말이 너무 많군, 방주."

혈공이었다.

그가 시선도 보내지 않은 채 은호방주의 말을 자른 것이다.

이어진 은호방주의 대답이 더욱 충격이었다.

"미, 미안하오."

"……!"

마원용은 믿을 수 없다는 눈으로 은호방주를 바라봤다.

견원지간이긴 했지만 내심 은호방주에게서 인정하는 부분이 있었는데, 그게 바로 끝을 모르는 자존심이었다.

그것이 꺾여 버린 모습이 눈앞에서 펼쳐졌다.

마원용은 얼굴을 한껏 구겼다.

"마지막 자존심마저 저버렸구나, 멍청한 늙은이 같으니."

"닥쳐라! 네놈 같은 개망나니는 아무것도 잃을 게 없으니 그딴 소리를 할 수 있는 거다."

"그래도 무인의 자존심만큼은 남아 있다. 그걸 버린 네놈은 그냥 개자식이다."

"닥쳐라!"

은호방주가 일직선으로 돌진해 왔다.

마원용이 내심 바라는 형국이었다.

은호방주는 미처 눈치채지 못했지만, 그와 마원용, 그리고 혈공은 일직선상에 서 있었다.

다시 말해 마원용이 은호방주의 검격을 흘려보낸다면, 배후에 있는 혈공이 목표가 되는 셈이었다.

'아무리 대단한 놈이라도 그렇게 된다면 틈이 생길 터!'

마원용은 아슬아슬한 지점까지 기다렸다가 몸을 잽싸게 틀었다.

은호방주의 칼날이 흉부를 스치고 지나갔다.

검기가 실린 칼날이다 보니 스쳤을 뿐인데도 흉골이 드러났다.

"크으……!"

격통에 이를 악무는 와중에도 창대를 휘둘러 은호방주의

등을 후렸다.

돌격에만 열중하고 있던 은호방주의 몸이 가속을 받았다.

"으읏!"

그 전방에 있는 이는 혈공.

그는 무심한 얼굴로 쇄도하는 은호방주를 바라보고 있었다.

마원용은 곧장 은호방주의 등 뒤에서부터 창격을 내질렀다.

전력을 담은 일격, 비월일섬(飛月一閃)이라 명명한 절초였다.

혈공이 그냥 피해 버리면 은호방주는 반드시 죽는다.

은호방주를 밀쳐 내거나 흘려보낸다면 혈공이 꿰뚫린다.

어느 쪽이 되었든 마원용으로선 손해 볼 게 없었다.

그러나 혈공은 그 어느 쪽도 택하지 않았다.

"……!"

마원용의 얼굴에서 핏기가 사라졌다.

혈공은 마치 땅에서 솟아나듯 나타났다.

절정에 달한 경공으로 인해 눈으로도 쫓을 수 없는 속도를 낸 것이었다.

그가 나타난 지점은 창대의 중간 부분.

창수의 사각(死角)이자 최고의 약점이라 할 수 있는 지점이었다.

'이 개자식, 저 늙은이보다도 경험이 풍부한 건가!'

비월일섬은 찌르기의 식.

그 특성상 창날 부위를 지나쳐 버리면 제 위력을 바랄 수가 없다.

결국 혈공은 간단한 경공만으로 마원용의 절초를 부숴 버린 것이다.

"크윽!"

할 수 없이 중간에서 방향을 틀어 휘두르기로 전환했다.

기혈이 역류하며 뱃속으로부터 왈칵 핏물이 솟구쳤지만 마원용은 근성으로 버텼다.

혈공은 창대를 가벼이 피하고는 마원용의 품 안으로 파고들었다.

그의 두 손에서 새빨간 혈광이 빛을 뿜었다.

뻐어억!

마원용은 세상이 뒤집히는 것을 느꼈다.

목 아래로 몸 전체가 한순간 사라지는 듯한 기분이었다.

이내 무시무시한 격통이 몰아쳤다.

"……!"

비명조차 지르지 못하고 몸을 뒤틀었다.

악몽과도 같은 고통이 억겁의 길이로 이어졌다.

그것이 그가 허공에 떠 있는 동안 느낀 찰나의 격통이란 것은 땅에 널브러진 이후에야 실감할 수 있었다.

"크으으으… 으윽."

마원용은 온몸을 부들부들 떨었다.

피거품이 코와 입으로 역류하여 숨조차 쉬기 힘들었다.

내장과 뼈, 근육과 혈맥이 모조리 파괴되었다.

실로 내가중수의 궁극이라 할 법한 무시무시한 장법이었다.

헐떡이는 그의 시야 안에 은호방주의 모습이 들어왔다.

그는 날카로운 단도를 손에 쥐고 있었다.

"말했었지? 그 얼굴 가죽을 벗겨내겠다고."

연신 피거품을 뱉어낸 마원용이 겨우 말을 내뱉었다.

"……병신 같은 놈."

"이 새끼가!"

은호방주가 단검을 가슴에 박아 넣었다.

사지를 파르르 떨던 마원용이 이내 축 늘어졌다.

고통을 주기도 전에 죽어버린 것이다.

"빌어먹을!"

욕설을 토하는 은호방주에게 혈공이 다가왔다.

"계집을 놓쳤군."

무미건조한 한마디.

고작 그뿐인데도 은호방주는 소름이 쫙 돋는 것을 느꼈다.

"미, 미안하게 됐소. 하나 걱정하지 마시오. 그년은 내가 기필코 해치우리다."

"오늘을 넘겨서는 의미가 없소."

"걱정 마시오. 그년이 어디로 갔을지는 대강 짐작이 가니까."

"안내하시오."

"아니외다. 이 일은 나 홀로 마무리 짓겠소."

"당신 홀로는 불안하오. 안내하시오. 내가 마무리를 짓겠소."

은호방주가 가슴을 탕탕 쳤다.

"은호방의 전 무사들을 끌고 가겠소! 이 정도면 명실공히 여남 최강의 전력이오. 그래도 불안하다는 말씀이오?"

"……."

"내게 맡기시오! 이 구용단을 믿으시오! 마가 놈이 되는 대로 지껄이긴 했소만, 나와 혈공은 동등한 협력 관계가 아니오?"

말을 내뱉고 난 직후 은호방주는 내심 걱정했다.

과연 혈공이 이 말을 부정하거나 비웃더라도, 그는 과연 찍소리나 낼 수 있을까?

혈공은 그저 무표정한 얼굴로 그를 응시할 뿐이었다.

물론 그것이 배려가 아니라는 것은 누구보다도 은호방주가 잘 알았다.

'나의 자존심 따위는 알 바 아니란 거겠지. 개 같은 혈교 놈들!'

혈공은 보통 인간이 아니었다.

이는 단순히 초인적인 무위를 지녔다는 것만을 의미하지는 않았다.

어떠한 술법과 밀법이 쓰였는지는 모르나, 그는 보통의 인간과는 다른 형태로 단련되어 있었다.

나찰혈괴장이야 그중 한 단면에 불과했다.

그것이 혈교의 진정한 무서움이었다.

평범한 무리(武理)의 상식을 벗어나 있다는 것.

나아가 인세의 상식마저 벗어나 있다는 것.

그들에게 감히 맞설 마음조차 들지 않는 것은 그 근원적인 공포 때문이리라.

"실패하면 그대는 죽소."

혈공의 한마디가 귓전을 때렸다.
그 말이 은호방주의 마지막 남은 자존심을 자극했다.
"죽는 쪽은 놈들이 될 것이오."

6장

암황의 무공

유화란은 어둠이 깔린 여남의 거리를 내달렸다.

"하아, 하아……."

숨이 턱까지 차올랐다.

그저 달리고 있기 때문이 아니라 가슴 한구석이 먹먹한 까닭이었다.

피를 뿌리며 쓰러지던 동도들의 모습이 자꾸만 눈앞에 아른거렸다.

그들을 버리고 달아났다는 죄책감이 발목을 자꾸만 채었다.

흑도라 하여 인륜과 괴리되어 있지는 않다.

들어선 길이 다를 뿐, 그들 역시 정파의 무인들과 마찬가지였으니까.

다만 인생의 굴곡이 조금 더 거칠고 복잡할 따름이었다.

마원용만 해도 그랬다.

본디 창의 명문인 허창마가의 장자로 태어나 마가창법의 모든 것을 깨친 이가 그였다.

한때는 하남성 후기지수 중에서도 세 손가락 안에 들 거라 일컬어지던 촉망 받는 인재이자 협의지사.

그러나 한 사람의 인생이 망가지는 것은 너무나 간단했다.

한참 수행에 열중하던 시기에 장강에서 아녀자를 희롱하는 무리를 만났다.

버릇만 고쳐주려던 것이, 무리의 우두머리가 지나치게 뻗대는 바람에 그만 정수리를 후려치고 말았다.

내력조차 담지 않은 견제성의 일격이었거늘, 우두머리는 그대로 죽어 자빠졌다.

정말 재수 없는 것은 녀석이 관과 연이 닿아 있는 졸부의 삼대독자라는 것이었다.

마원용은 수배자가 되어 쫓겼다.

허창마가는 관의 압박을 받아 삽시간에 몰락했다.

관의 손길보다도 가문을 망쳤다는 죄책감 때문에 그는 흑도의 거리로 스며들게 되었다.

후기지수가 망가지는 것도 순식간이었다.

깨어 있으면 술을 들이켰고, 취기가 오르면 아무에게나 시비를 걸었다.

정신이 망가졌어도 본연의 실력은 그대로인지라, 마구잡이로 날뛰는 마원용을 제압할 이는 거의 없었다.

자연히 흑도의 여러 방파가 그에게 눈독을 들이게 됐다.

눈독 들이는 이들만큼이나 그에게 원한을 품은 이도 늘어났다.

마원용은 개의치 않았다.

내키는 대로 살아가다 어느 저잣거리에서 혀를 빼물고 죽더라도 상관없다고 생각했다.

그렇게 천둥벌거숭이처럼 날뛰는 그를 일수에 제압한 이가 사룡방주였다.

마원용은 사경을 헤맬 정도로 곤죽이 되어 끌려갔다.

당시 그는 마침내 죽는구나 생각했다.

그러나 사룡방주는 그를 치료했다..

그리고 몸이 다 나았을 때쯤 경고나 훈계 등의 그 어떤 말도 없이 그를 방면해 주었다.

마원용도 뿌리까지 개차반은 아니었다.

사룡방주의 호의가 의미하는 바는 알고 있었다.

그 이후로 그가 취해서 난동 부리는 일은 일어나지 않았다.

그렇다고 정파 무림으로 돌아간 것도 아니었다.

그는 외로운 한 마리의 늑대가 되었다.

더 이상 협을 부르짖지는 않았으나, 거리를 어지럽히는 무뢰배들을 그냥 좌시하지만은 않았다.

여남 암흑가 제일의 창수가 탄생하는 순간이었다.

그 후로 마원용은 사룡방주를 아버지처럼 따랐다.

그러나 이제는 그 마원용도, 사룡방주도 없었다.

매서운 겨울바람 속에 유화란은 몸을 바르르 떨었다.

삐이이익.

기묘한 기성을 내며 몇 마리의 오작(烏鵲)들이 날아갔다.

그것을 본 유화란은 흠칫했다.

저게 의미하는 바가 무엇인지는 분명했다.

한때 사룡방과 은호방이 긴밀하던 시절, 그들이 사용하는 특별한 수단을 몇 차례 목도했던 것이다.

관작(管鵲)이라 불리는 것이었다.

까막까치의 몸에 특수한 피리를 달아 날리는 건데, 소리가 크지 않음에도 상당히 멀리까지 퍼지는 특성이 있었다.

여남의 거리 전역에 명령을 전파하기엔 그보다 좋은 수

단도 없었다.

지나치게 시끄럽지 않은 데다 눈에도 띄지 않는다.

하물며 지금과 같은 밤이라면 더더욱 그랬다.

몇 차례의 날갯짓이면 여남 전역의 흑도 무사들에게 전달이 될 테니.

그리고 조금 전, 관작에 의해 전파된 명령은 단순했다.

—사냥이 시작되었다.

무사들이 우르르 몰려가는 소리가 들려왔다.

건물 하나를 사이에 둔 위치.

은호방 무사들은 오래전부터 명령을 기다리며 대기하고 있었던 듯했다.

유화란의 모골이 송연해졌다.

'우리를 해치운 다음 사룡방의 잔당까지 삭초제근하려 한 거야.'

은호방 역시 철저하게 오늘을 준비해 둔 것이었다.

물론 이는 예상했던 바였다.

정말 예상하지 못했던 것은 그자, 혈공이라는 존재였다.

설마 이 정도로 압도적인 무위를 지녔을 줄은 몰랐으니까.

덜컹 하는 소리와 함께 좌측방에서 무사들이 뛰어나왔다.

"이쪽이다!"

"계집이 여기에 있다!"

유화란은 칫 하고 혀를 차며 장검을 출수했다.

스승과 마원용의 원수도 갚지 못한 채 개죽음을 당할 순 없었다.

짤막히 기합성을 내뱉으며 무사들 사이로 뛰어들었다.

그녀의 몸이 한 바퀴 회전하는가 싶더니 은색 검기 다발이 무사들에게로 쏟아졌다.

이는 숫제 검기의 빗발이었다.

타타타탕!

몇몇은 검을 들어 겨우 막아냈고 몇몇은 대처하지 못해 피를 뿌리며 널브러졌다.

유화란은 멈추지 않고 서 있는 자들을 향해 연달아 검초를 뿌렸다.

반격은 엄두도 못 낼 정도의 쾌검이었다.

무사 다섯 명이 삽시간에 제압당했다.

그러나 그들의 외침이 퍼져 나간 뒤. 곧이어 요란한 발소리가 사방에서 울렸다.

유화란은 몸을 훌쩍 날려 근처의 지붕 위로 올랐다.

위치가 노출되는 위험이 있긴 했지만 생각할 겨를이 없었다.

“저기다!”

몇몇 무사가 그녀를 발견하고는 지붕 위로 치솟았다.

휘릭.

유화란은 검을 낮게 휘둘렀다.

칼날의 면으로 기왓장들을 쳐서는 무사들에게로 날렸다.

검기의 사정권은 길어야 오 장이었지만, 이 방법으로는 십 장 밖의 적도 공격할 수 있었다.

콰직!

가장 앞서 달리던 무사의 이마가 깨져 나갔다.

어둑어둑한 밤인 데다 기왓장도 검은색인지라 미처 반응하기 어려웠다.

비명 섞인 욕설들이 터져 나왔다.

“크악!”

“제기랄!”

추격을 일시적으로 저지한 유화란이 곧장 몸을 돌려 달아났다.

애초에 지붕 위로 오른 것부터가 그만큼 경공에 자신이 있기 때문이었다.

그러나 어디로 가야 한단 말인가?

가장 먼저 떠오른 것은 현검문이었다.

하지만 현월은 이미 두 차례나 협력을 거절했다.

이제 와서 찾아간들 눈 하나 꿈쩍할까 싶었다.

더군다나 추격자까지 주렁주렁 매달고 있는 지금이라면.

담예소의 얼굴이 떠올랐다.

그녀는 오래전부터 알고 지내는 기루에다 잠시 맡겨 놓았다.

오늘 여기서 유화란이 죽는다 해도 그곳에까지 피해가 갈 일은 없을 것이다.

'갈 곳이 없구나.'

유화란은 싸늘함을 느꼈다.

차가운 겨울 공기 때문만은 아니었다.

오래전, 그녀의 집안이 몰락하던 날에도 비슷한 느낌을 받았었다.

그때 좌절하지 않았던 건 금 노인이 곁에 있었던 덕이고, 사룡방주가 그녀를 거두어준 덕이었다.

'금 노괴…….'

그녀는 보았다.

혈공의 어깨에 얹힌 채 숨만 겨우 유지하고 있는 금 노인의 모습을.

그가 더는 살 가망이 없다는 것도 본능적으로 느꼈다.

그리고 아마도 지금쯤은…….

콰직 하는 소리와 함께 발밑의 기왓장이 부서져 나갔다.

누군가 그녀의 경로를 예상하여 큼지막한 박도를 던진 것이다.

유화란의 신형이 크게 흔들렸다.

그 순간 막대한 검기가 그녀에게로 쇄도해 들어왔다.

유화란은 비틀거리는 와중에도 몸을 한껏 틀어서 검을 뻗었다.

두 줄기의 검기가 충돌하는 순간 그녀의 몸이 튕겨져 나갔다.

"윽!"

유화란이 지붕의 경사면을 굴렀다.

그 와중 황급히 손바닥으로 바닥을 격하며 몸을 일으켰다.

은호방주의 신형이 지척까지 다가와 있었다.

"갈!"

사자후를 토하며 정수리를 베고 들어왔다.

유화란은 자세를 낮추어 경사면을 굴렀다.

애꿎은 검기가 지붕에 꽂히니 폭음과 함께 기왓장들이 어지러이 흩날렸다.

일대소란이 벌어지고 있는데도 관졸들은 코빼기도 비치

지 않았다.

여남의 치안이 얼마나 썩어 있는지 알 수 있는 대목이었다.

이 장의 거리를 벌리고서 몸을 일으키는 유화란.

이곳저곳이 긁힌 탓인지 백의 곳곳에 붉은 망울이 번지고 있었다.

"그 개자식에게 쪼르르 달려갈 거라 생각했는데 아직 이곳에서 서성이고 있었구나."

은호방주가 으르렁거렸다.

유화란은 호흡을 가다듬으며 그를 노려봤다.

지붕 아래엔 이미 은호방 무사들이 집결해 있었다.

자칫 실수하여 떨어지기라도 하는 때엔 삽시간에 제압당할 터였다.

다행한 것은 그들이 지붕 위로 올라오지 않는다는 점.

아마도 은호방주가 명령해 둔 모양이다.

결국 활로는 지붕 위에 있었다.

놈을 제압하여 인질로 삼아도 좋고, 목숨을 거두어 복수하는 것도 좋다.

어느 쪽이 되었든 만족할 수 있으리라고 생각했다.

그녀는 검을 들어 은호방주를 겨냥했다.

"이번엔 웬일로 직접 나섰지? 그 혈공이란 자의 뒤에 숨어 있지 않고. 스승님을 기습하던 날처럼 그자에게 맡기면 모든 게 일사천리일 텐데?"

"닥쳐라. 이 구용단이 네깟 년 하나를 처리하지 못할 성싶으냐."

"응. 못할 성싶어, 개자식아. 다른 이의 손을 빌린 순간부터 네놈은 이미 끝났어."

은호방주의 눈에서 불길이 화르륵 치솟았다.

"개 같은 년이, 그 기구한 팔자를 불쌍하게 여겨 목숨만은 살려두려 했거늘 스스로 죽음을 재촉하는구나."

"마음에도 없는 소리 집어치워. 네놈이 언제부터 그리 성인군자였다고?"

유화란은 잠시 숨을 고르고 내쳐 말했다.

"스승님을 배신한 순간 너는 이미 바닥을 드러낸 거야. 이 지저분한 거리에 가장 어울리는 쓰레기임을 증명한 거지."

"뚫린 입이라고 나오는 대로 지껄이는구나!"

"못할 게 뭐가 있어? 네놈 따위는 하나도 두렵지 않은데."

"이년이!"

은호방주는 이제 두 팔을 부르르 떨고 있었다.

자존심을 난자당한 탓에 이성을 잃은 것이다.

그 순간 유화란은 그의 발치를 노려 검기를 날렸다.

앞서 은호방주가 펼쳤던 수법을 그대로 되돌린 것이었다.

흥분해 있던 은호방주였기에 반응도 늦었다.

겨우 발을 빼내 직격을 피했지만 튀어 오르는 파편에 정강이가 격타당했다.

"으음!"

나직한 침음을 흘리는 은호방주.

미처 호신강기를 둘러두지 않은 게 실수였다.

비틀거리는 신형을 확인하자마자 유화란이 달려들었다.

그녀로서 다행인 점은 은호방주의 체력이 상당히 소진됐다는 점이었다.

마원용과의 일전이 상당한 부담이었으리라.

그런 데다 숨조차 돌리지 않고 곧바로 추격에 나섰으니, 그의 전력은 평소의 절반조차 되지 않을 터였다.

유화란의 검로가 변화무쌍하게 펼쳐졌다.

본디 빼어난 자질을 지니기도 했지만, 스승의 죽음 이후 한 꺼풀 벗겨냈다고 할 수 있을 만큼 실력이 일취월장한 그녀였다.

변초의 연격이 벼락처럼 쏟아졌다.

그 사이사이로 번뜩이는 날카로운 일격에 은호방주의 몸

에 생채기가 생겨났다.

"이익!"

열 받은 은호방주가 반격에 나섰다.

그러나 흥분한 탓인지 검로도 뻔히 보이는 데다 쓸데없는 힘이 실려 있었다.

유화란은 검격을 어렵잖게 피하고서 다시금 몰아쳤다.

은호방주의 신형은 어느새 지붕 끄트머리까지 밀려난 뒤.

스스로 생각해 봐도 참으로 어이없는 상황이었다.

'이 계집이 이렇게나 강했던가?'

그렇지만은 않다.

그녀가 강해진 부분도 있긴 했으나, 그보다는 은호방주 본인이 약해진 면이 컸다.

마음에 생겨난 균열은 신체에까지 영향을 미친다.

정신이 주저하면 몸도 주저하게 마련이다.

하물며 은호방주처럼 자존감이 강한 자라면 말할 것도 없는 일이다.

유화란이 지적한 대로, 혈공에게 굴복한 순간 그의 마음 속 칼날은 꺾인 것인지도 몰랐다.

"제기랄!"

지붕 모서리까지 밀려난 은호방주가 일갈했다.

"쳐라! 저년을 무릎 꿇려라!"

대기하고 있던 은호방 무사들이 지붕 위로 솟구쳤다.

그것을 본 유화란이 짓씹듯 소리쳤다.

"비겁한 놈! 이젠 정말 갈 데까지 가는구나."

"시끄럽다! 주둥이를 꿰매 버려도 그렇게 떠들 수 있나 보자!"

유화란은 이를 악물고 신형을 날렸다.

마원용의 절초를 닮아 있는 돌진기.

자칫하면 은호방주의 몸이 그대로 꿰뚫릴 판이었다.

그 순간 무사들이 측방에서부터 그녀를 견제해 들어왔다.

극한까지 몰린 은호방주로서는 참으로 다행한 일이었다.

유화란은 할 수 없이 신형을 비틀어 공세를 흘려보냈다.

그동안 은호방주는 몸을 훌쩍 날려 다른 건물의 지붕으로 피신했다.

그것을 본 그녀가 이를 갈았다.

고작 저따위 소인배에 의해 스승님이 살해당했단 말인가.

"죽이지 말고 제압해라! 저년의 목숨은 내가 직접 거둘 것이다."

위기에서 벗어나니 목소리에도 여유가 돌아왔다.

유화란이 쏘아붙이려 했지만, 사방에서 쇄도하는 검격에 대처하는 게 우선이었다.

차라라락!

협공은 치밀하고도 견고했다.

유화란으로선 피하는 것만 급급할 뿐, 깨트리고 반격하는 것은 엄두도 내기 힘들었다.

그 와중에 종아리를 제법 깊이 베이고 말았다.

지붕 밑에서부터 칼날이 솟구쳤던 것이다.

"……!"

유화란의 신형이 삽시간에 무너졌다.

그녀가 입술을 깨물며 고통을 삭이는 순간 은호방주의 얼굴엔 음험한 미소가 떠올랐다.

"너무 원망하진 마라. 스승을 잘못 둔 네년의 탓이니 말이다."

"……."

"마원용 그놈은 얼굴 가죽을 벗겨냈다만 네게는 그렇게까지 하지 않으마. 그 고운 얼굴도 낯을 벗겨내고 나면 흉할 테니까."

"개자식……."

"입은 아직 살아 있구나. 어디 내 몸에 깔리고 난 뒤에도 기세등등할 수 있을까?"

유화란은 죽음을 각오했다.

최후의 절초를 은호방주에게 날리고, 그게 실패한다면 돌아보지 않고 자결할 생각이었다.

그때 아래쪽이 돌연 시끄러워졌다.

미소 짓고 있던 은호방주의 미간이 팍 구겨졌다.

"뭐야?"

거리 한쪽에서 불길이 넘실대고 있었다.

횃불을 앞세워 나타난 이들은 패검을 한 무인들이었다.

은호방주가 눈매를 좁혔다.

대체 저놈들은 뭐란 말인가.

사룡방의 잔당일 리는 없다.

전의를 가지고 있던 놈들은 이미 대나무 숲에서 전멸했다.

유화란이 그새 다른 무리를 소집했을 리도 없다.

"네놈들은 대체 뭐하는 잡것이냐?"

또랑또랑한 목소리가 울렸다.

"진짜 잡것의 횡포를 견디지 못하는 이들."

횃불 사이로 얼굴 하나가 나타났다.

앳되지만 강건한 결의를 담고 있는 인상.

유화란이 익히 알고 있는 얼굴이었다.

"현검문……."

나직한 그녀의 혼잣말을 엿들은 은호방주가 표정을 굳혔다.

"현검문이라고? 정파 놈들이 망할 참견질이로군."

현유린은 은호방주를 똑바로 노려봤다.

"흑도의 무리끼리 칼부림을 하든 서로를 잡아먹든, 기본적으로 우리는 신경 쓰지 않아요. 그것이 당신네의 생리라는 것을 알고 있으니까요. 하지만 그로 인해 무고한 이들이 희생되는 것까지 좌시할 수는 없습니다."

"하! 대단한 무림 협사 납셨군. 그건 네 아비가 결정한 사항이더냐?"

일단 말을 내뱉고 본 은호방주였지만 그게 사리에 맞지 않다는 건 본인부터가 알고 있었다.

현무량은 지금 이곳에 없었으니 말이다.

"아버지께서 계셨더라도 같은 결정을 내리셨을 겁니다. 당신 같은 악인은 이해하지 못하겠지만."

"흥."

"지금 당장 무뢰배들을 해산시키고 물러나지 않는다면 응징하겠어요."

"그까짓 협박에 이 구용단이 겁이라도 집어먹을 성싶으냐?"

말은 그렇게 했지만 쉽사리 공격 명령을 내리진 못하는 은호방주였다.

현검문도들의 숫자가 보다 많거니와, 진형 역시 포위당한 형세였던 것이다.

'빌어먹을.'

혈공의 말이 머릿속을 떠나지 않았다.

실패는 곧 죽음이라던 말.

그것은 곧 절대적인 선언과 다름없었다.

유화란은 어리둥절한 눈으로 주변을 훑었다.

'현검문이 움직였다면 필경 그 역시 있어야 할 텐데.'

현검문이 이곳에 나타난 것도 의외였지만 현월이 모습을 보이지 않는 게 더 의아했다.

[괜찮아요?]

현유린의 전음이었다.

[덕분에요. 그런데 어떻게 알고 도우러 온 거죠?]

[도우려고 온 게 아니에요. 관작의 소리를 듣고 무고한 이들의 피해를 막고자 온 것뿐.]

[관작에 대해 알고 있다고요?]

[우린 몰랐어요. 그 아이가 알려줬죠.]

[그 아이?]

[당신의 사매라고 하더군요.]

담예소가 분명했다.

관작의 소리를 들은 그녀가 현검문까지 달려가 사태를 알린 것이다.

그렇다고는 해도 현검문 전체가 움직였다는 것은 충격이었다.

어찌 되었든 그 소식을 전한 이는 흑도의 아이가 아니던가.

유화란의 생각을 읽기라도 한 듯 현유린이 덧붙였다.

[어린아이에게까지 흑과 백의 논리를 갖다 붙일 만큼 냉철한 사람은 못 돼요. 당신들은 어떨지 모르겠지만, 저는 어려서부터 그렇게 배웠어요.]

[……현 소협은 어디 있죠?]

현유린 홀로 이들 모두를 이끌고 왔을 리는 없다.

그만한 직위를 지닌 자가 뜻을 정했기에 문파 전체가 움직인 것이리라.

아마도 그것은 문주 대리인 현월일 테고.

잠시 주저하던 현유린이 대답했다.

[오라버니는 따로 상대할 자가 있다고 하셨어요.]

[따로… 상대할 자?]

그 순간 유화란의 머릿속을 스치는 것은 혈공의 귀기 어린 얼굴이었다.

'그 괴물에게 대적하겠다고?'

*　　　*　　　*

여남에서 가장 높은 건물인 목탑.

혈공은 그 꼭대기에 있었다.

거리를 응시하는 그의 눈엔 못마땅한 기색이 가득했다.

그럴 수밖에 없는 게, 은호방주는 기대한 것보다 형편없는 모습을 보이고 있었다.

'망가진 건가.'

자존심 강한 무인이 꺾였을 때 퇴물이 되어버리는 경우야 비일비재했다.

그렇다고 해도 저 정도 추태를 보일 지경이라니.

은호방주가 물러나는 게 보였다.

이윽고 은호방 무사들이 유화란에게 짓쳐들었다.

썩 보기 좋은 광경은 아니지만 어쨌든 마무리는 된 셈이다.

'보고한 후에 저놈도 곧장 쓸어버려야겠군.'

은호방주는 꿈에도 생각지 못할 것이다.

암흑가를 정리한 것이 여남을 정파 무림에게 넘기기 위함이란 것을.

물론 그 알맹이는 혈교의 것.

제대로 된 정파 무림이라 보긴 어렵겠지만 말이다.

'음?'

혈공의 미간이 일그러졌다.

멀찍이서 다가오는 횃불의 행렬이 보였다.

안력을 돋워 면면을 확인했다.

낯선 얼굴들.

대부분 이의 복장이 통일되어 있었는데, 그 청색의 무복은 여남 거리에서 몇 차례 본 적이 있는 것이었다.

머릿속에 한 문파의 이름이 떠올랐다.

"현검문……."

혈공은 어처구니없는 심정이었다.

혈교에선 본디 현검문을 멸문시킨 후 그 복수를 빌미로 녹림맹과 암흑가를 일거에 소탕할 작정이었다.

그 과정에서 혈교의 입김이 닿아 있는 문파를 여남의 종주로 만들고자 함이었다.

때문에 무림맹주와의 마찰을 감수하면서까지 구원군을 파견하지 않은 것이었다.

그런데 반전이 일어났다.

멸망하고 만 쪽은 도리어 녹림맹이었다.

작전의 필승을 자신하던 혈교 두뇌들은 혼란에 빠졌다.

이는 혈교의 제일장로이자 무림맹의 군사인 유설태 역시 마찬가지였다.

그들은 할 수 없이 차선책을 택했다.

현무량을 소환하여 포섭하는 동시에, 다른 형식으로 암흑가를 정리하기로 했다.

어처구니없는 치정 살인 사건은 그리하여 탄생한 것이었다.

혈교 내에서 서열 십 위인 혈공이 급히 파견된 것도 그 때문이었다.

현무량은 아마 관수원 쪽에서 적당히 구워삶을 것이다.

혈교의 방술은 그 뿌리가 깊고, 사람 하나를 세뇌하는 것쯤은 일도 아니었다.

"현검문을 혈교 진출의 발판으로 삼으려는 게 노인네들의 생각이었는데……."

그 당사자인 현검문이 이 자리에 나타난 것이다.

일이 꼬여도 이렇게까지 꼬일 수 있는가 싶었다.

혈공은 지끈거리는 이마를 꾹꾹 짓눌렀다.

"귀찮게 되었군. 어찌한다?"

그냥 두었다간 사이좋게 동귀어진을 할 판이다.

은호방주가 죽는 거야 문제가 아니었지만, 놈이 쓸데없는 소리라도 늘어놓았다간 앞으로의 일이 귀찮아질 수 있었다.

더군다나 유화란은 혈공의 존재를 알고 있지 않은가.

자칫 현검문 측에서 쓸데없는 냄새라도 맡게 되면 곤란했다.

"저 버러지를 믿는 게 아니었는데."

짜증 섞인 목소리로 중얼거린 혈공이 신형을 날리려 했다.

이렇게 된 이상 순식간에 은호방주와 유화란을 해치우고 내빼는 게 상책이었다.

등허리에 돌연 소름이 돋은 것은 그 순간이었다.

"……!"

혈공은 반사적으로 몸을 뒤틀며 신형을 내던졌다.

탑 꼭대기의 모서리까지 물러났을 때 미세한 혈향이 코끝을 자극했다.

그 자신의 피였다.

"뭐……?!"

목 언저리가 시큰했다.

손을 가져다 대니 미세한 선혈이 묻어났다.

본능이 경고하는 것을 무시했더라면 그대로 비명횡사할 뻔했다.

아무리 방심하고 있었다지만 말도 안 되는 일이었다.

화악!

무시무시한 살기가 혈공에게서 흘러나왔다.

시뻘건 강기가 그의 두 손바닥에 어렸다.

"뭐하는 놈이더냐."

혈공과 정반대편의 모서리.

어둠 사이로 언뜻 보이는 신형이 있었다.

평범한 체구에 자연스러운 자세.

놀라운 건 바로 앞에 있음에도 기척을 느끼기 힘들다는 점이었다.

실로 그림자 같은 놈이었다.

"설마 피할 줄은 몰랐는데."

젊은 청년의 목소리였다.

많이 잡아 봐야 비슷한 또래일 터.

그 사실이 혈공에게 다시금 충격을 주었다.

"네놈… 대체 누구냐!"

"그러는 네놈은 누구지?"

혈공은 안력을 돋웠다.

흐릿한 윤곽이 바로 잡히며 준수한 용모의 청년이 나타났다.

낯선 얼굴이었다.

그런데 어딘지 모르게 익숙하다는 느낌이 들었다.

'대체 뭐하는 놈이지?'

혈공이 혼란스러워하는 사이, 청년은 나직이 운을 뗐다.

"네놈을 이곳에 보낸 자는 유설태인가? 관수원을 보낸 것은 역시 여남을 집어삼키기 위함이었군."

"……!"

혈공은 쩍 벌어진 입을 다물 수 없었다.

무림맹은 물론이요, 혈교 내에서도 극소수만이 알고 있는 기밀을, 난생처음 보는 사내가 어찌 알고 있단 말인가?

그 순간 혈공의 머릿속을 채우는 생각은 하나뿐이었다.

'위험한 놈!'

너무 많은 것을 알고 있는 데다 무위마저 상당하다.

이 자리에서 죽여 없애지 않는다면 차후에 문제가 되리라.

놈의 배후를 캐고 싶은 마음도 들긴 했다.

하지만 과연 죽이지 않고 생포할 수 있을지 의문이었다.

'그러나!'

혈공 역시 한 사람의 무인.

괴물이라 불리었으나 그것은 너무나 압도적인 힘에 대한 약자들의 불평에 불과했다.

일반적인 형태의 무공만이 진리는 아닌 법.

혈교의 방식으로 길러진 그로서는 자신의 무공에 어떤 부끄러움도 없었다.

"타앗!"

기합성을 뱉으며 섬전처럼 쇄도했다.

두 손 가득 피어오르는 핏빛 강기.

그의 성명절기인 나찰혈괴장이었다.

청년은 물러나지 않고 마주 짓쳐들었다.

뽑아 든 장검 위로 시커먼 검기가 뭉치는가 싶더니, 이내 신형이 한층 가속되었다.

그 속도는 혈공을 상회하고 있었다.

'이것은 설마?'

경악하는 와중에도 일장을 내뻗었다.

나찰혈괴장의 장력이 아무도 없는 허공을 격했다.

그 순간 붉은 장력은 생명을 지닌 듯 방향을 틀어서는 청년의 신형을 뒤쫓았다.

추격해 들어간 장력이 청년의 등허리와 충돌하려는 찰나, 청년이 몸을 뒤틀며 일장을 뻗었다.

그 빛깔은 마찬가지로 붉은 핏빛이었다.

"……!"

콰아앙!

두 줄기 장력이 폭발하며 목탑을 뒤흔들었다.

굳건하기 그지없는 목탑의 기둥들이 사시나무처럼 바르르 떨렸다.

비산하는 먼지 너머, 청년은 내뻗었던 손을 회수하고 있었다.

손바닥 가죽이 찢어진 듯 피가 흐르고는 있었지만 혈공은 만족할 수 없었다.

나찰혈괴장은 그가 자부하는 최강의 절초였다.

그 누구도 일 장 이상을 받아낸 적이 없을뿐더러, 파훼당한 적도 없었다.

그런데 놈이 깨트린 것이다.

더군다나 충돌의 순간, 손아귀에서 번뜩이던 섬광의 색깔은…….

"역시 체질에 맞지 않으니 제 위력을 낼 수가 없나 보군."

찢어진 손아귀를 탁탁 털며 청년이 말했다.

안력을 돋워 확인하니 찢겨진 가죽은 그새 아물고 있었다.

'말도 안 되는 회복력……!'

혈공은 그제야 실감할 수 있었다.

왜 놈에게서 익숙한 느낌을 받았는지를.

그러나 그것은 말이 되지 않았다.

결단코 있을 수가 없는 일이었다.

"네가 어찌 암황(暗皇)의 무공을……!"

"익숙한 이름이군."

담담한 어조로 대꾸하는 청년.

혈공은 정말 미칠 것 같은 기분이었다.

설마 하니 암황에 대해서도 알고 있을 줄이야.

혈공은 혼란을 느끼며 중얼거렸다.

"아니, 이건 말이 되지 않는다. 그 무공은 일장로에 의해 봉인되어 있을 텐데? 하나 남은 비급을 제외하고는 어느 누구에게도 전수된 적이 없다. 그런데 네놈이 어찌……?"

"네가 알고 있는 게 맞다. 다만 그들도 한 가지는 미처 알지 못했지."

"알지 못했다고?"

"그래."

청년, 현월은 담담히 말을 이었다.

"내가 돌아오리란 것을."

7장

복수

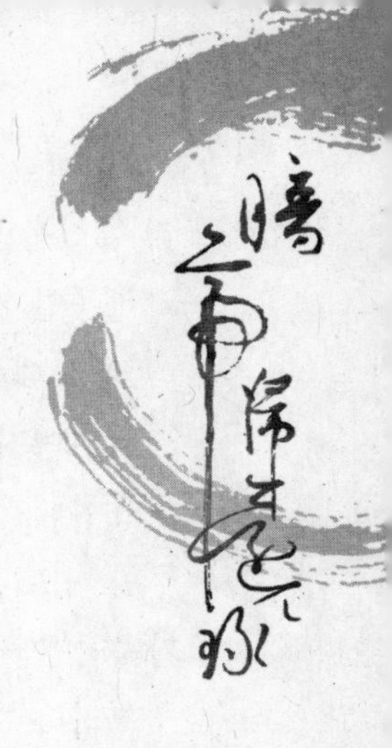

“일장로란 자는 유설태를 가리키는 거겠지? 역시 모든 것은 여남을 혈교의 지부로 삼으려는 계획의 일부였군.”

현월이 나직이 중얼거렸다.

생각해 보면 모든 게 작위적이었다.

하루아침에 멸문당한 현검문.

때마침 기다렸다는 듯 그곳에 나타난 유설태.

현월을 거두어들인 것은 여남 정복의 부수적인 성과에 지나지 않을 터였다.

현월이 암천비류공을 익히기에 적합한 체질이란 것을 미

리 알았을 리는 없을 테니.

한동안 잊고 있던 노기가 뱃속으로부터 끓어올랐다.

'유설태……!'

잠깐이지만 그런 생각을 한 적이 있었다.

유설태를 만나 암제가 되었고 그럼으로써 회귀대법서를 구할 수도 있었으니, 결과적으로는 덕분에 과거로 돌아와 가족들을 구하게 된 것이 아닐까 하는 생각을.

그러나 지금 돌아보니 역시 놈은 원흉 중의 원흉에 지나지 않았다.

애초에 모든 일의 시작인 현검문의 멸문조차 놈이 획책한 것이었으니까.

놈이 없었던들, 혈교가 준동하지 않았던들 이십 년에 걸친 비극은 시작되지도 않았으리라.

혈공은 혈공 나름대로 충격을 받은 상태였다.

갑작스레 나타난 놈이 자신은 물론이요, 혈교의 기밀까지 모조리 알고 있다니 말이다.

더군다나 놈이 휘두르는 무공은 필시…….

'암황의 무공이다.'

암황은 삼백 년도 전의 인물이었다.

혈교의 조사(祖師)인 혈무진왕의 하나뿐인 친우이자, 군소 세력인 혈교의 세력 확장에 가장 큰 공을 세운 인물이기도 했다.

그 과정은 물론 교세 확장에 방해가 되는 이들을 암살함으로써 이루어졌다.

당시 무림맹의 수뇌들은 암황을 제거하고자 온갖 수단을 가리지 않았다.

그러나 그는 수십 번의 암살행 동안 한 차례도 덜미를 잡히지 않았다.

그리고 혈교가 완전히 자리를 잡았을 때쯤 홀연히 사라졌다.

그런 암황의 독문무공이 바로 암천비류공이었다.

그리고 그것은 이른바 불완의 무공이라 불리는 것이기도 했다.

암황이 직접 저술한 비급은 단 한 권만이 남아 있는 상태였다.

그러나 그것을 제대로 소화한 이는 지금껏 없었다.

암천비류공을 익히기 위해선 그에 맞는 체질을 지녀야만 했던 것이다.

듣기로는 백만 명 중의 한 명꼴로 존재한다는 체질이었다.

'놈이 바로 그 한 명이란 건가?'

그러나 그렇다고 해도 말이 안 됐다.

비급은 여전히 유설태에게 있었고, 그 묘리는 철저히 혈교인에게만 전수되었다.

그마저도 소화해 내지 못한 이가 대다수였고 말이다.

'하지만…….'

놈은 분명 불완전하게나마 나찰혈괴장까지 펼쳤었다.

혈공이 귀신에 홀린 게 아닌 이상 그것은 분명한 사실이었다.

"혹시 암황의 무공이 다른 식으로 전수되어 온 것이더냐?"

"네게 말할 이유 따위는 없지. 분명한 건 내가 혈교를 끝장내리란 점이니까."

"어째서? 정녕 암황의 진전을 이었다면 혈교야말로 네 가족이 아니더냐?"

순간 현월의 두 눈에서 불길이 일었다.

그 안광을 보며 혈공은 자신의 생각이 잘못됐음을 실감했다.

'내가 잠시 착각했다. 놈은 결코 우리와 손을 잡을 자가 아니다.'

죽여야 한다.

혈공은 스스로에게 마음속으로 되뇌었다.

그 순간 현월이 움직였다.

월령보를 밟아 삼 장 거리의 공간을 일순에 좁혔다.

이윽고 검봉을 내질러 혈공의 갈비뼈 사이를 노리고 들었다.

어물거리다간 그대로 꿰뚫릴 터.

혈공은 급히 나찰혈괴장으로 맞섰다.

쇄도하는 강기를 본 현월이 자세를 한껏 낮춰 혈공을 스쳐 지나갔다.

팍!

현월의 어깻죽지가 터져 나갔다.

손가락 하나가 스쳤을 뿐인데도 이 정도의 타격이었다.

다행한 것은 피부만 조금 벗겨진 정도란 점이었다.

'그러나 그것으로 끝이다!'

나찰혈괴장의 무서움은 지금부터였다.

약간이라도 접촉하는 순간, 혈강기라 이름붙인 강맹한 내력이 대상의 몸속으로 파고들어 기혈의 뒤틀림을 유발한다.

혈괴장에 당한 이들이 하나같이 칠공으로 피를 쏟아낸 것은 이 때문이었다.

그러나 현월은 멀쩡해 보였다.

기혈이 뒤틀리기는커녕 잠시 뜸을 들이는 동안 상처가 도리어 아물어 버렸다.

"뭣……!"

"내력의 성질을 변환시키는 게 나찰혈괴장만의 특징이라고 생각했나?"

현월의 지적에 혈공은 아차 싶었다.

나찰혈괴장을 불완전하게나마 펼칠 수 있는 이상, 놈도 나찰혈괴장의 모든 것을 알고 있다고 봐야 했다.

그러는 동안 혈공의 복부에선 피가 흐르고 있었다.

혈공의 손끝이 어깨를 스쳤을 때, 현월의 검봉 역시 그의 복부를 스치고 지나갔다.

깊은 상처는 아니었지만 정신의 타격은 상당했다.

그럴 수밖에 없는 게, 혈공의 성명절기가 놈에겐 통하지 않았던 것이다.

"하지만!"

이번엔 혈공이 치고 들어갔다.

복잡하게 머리 굴릴 것 없이 힘으로 짓누르기로 한 것이다.

나찰혈괴장이 없다 해도 그에겐 강맹한 내력과 굳건한 신체가 있었다.

특히나 내력만큼은 분명 현월보다 우위에 있었다.

그것을 알기에 현월도 내심 긴장했다.

'지금부터다.'

나찰혈괴장에 의존한다면 오히려 상대하기 쉽다.

놈의 양 손바닥만 예의주시하면 될 일이었기 때문이다.

그러나 지금은 달랐다.

공격에 있어 경우의 수가 많아진 만큼 내력의 절대치가 높은 혈공 쪽이 다소 유리했다.

현월은 돌아보지 않고 목탑 아래로 뛰어내렸다.

그 뒤를 따라 혈공도 훌쩍 몸을 날렸다.

두 사람은 십 층 높이 아래로 추락하며 공방을 주고받았다.

물론 추락 중인 상태이기에 제대로 된 자세를 취하긴 어려웠고, 공격에 있어서도 그다지 힘이 실릴 리는 없었다.

기껏해야 권과 각을 한두 차례 주고받는 정도.

일 층 높이까지 내려왔을 때 현월이 몸을 반 바퀴 회전한 후 목탑의 벽면을 박찼다.

그렇게 허공을 날아서 옆 건물의 지붕 위에 안착했다.

혈공도 뒤를 따라 몸을 날리는데 현월이 그 틈을 노려 검을 내찔렀다.

혈공은 나찰혈괴장으로 허공을 격함으로써 기의 방벽을 만들었다.

현월의 검봉에도 검기가 휩싸여 있었지만 그 방벽을 뚫

진 못하고 튕겨졌다.

기회를 놓치지 않고 혈공이 공세로 돌아섰다.

그는 손날에다 강기를 집중시킨 뒤 휘둘러 검으로 막게끔 만들었다.

현월이 검수라는 점에 착안해, 검 자체를 부숴 버리기로 작정한 것이다.

"타앗!"

쾅! 쾅! 쾅!

손날의 강기를 막을 때마다 벽력이 터지는 소리가 났다.

현월의 몸이 몇 걸음씩 뒤로 물러났다.

단순하지만 그렇기에 강력한 공격.

현월로서도 어쩔 수 없이 방어에만 급급해야 했다.

그러기를 몇 차례.

쩌저적 금이 가는가 싶더니, 현월의 장검이 강기를 버티지 못하고 깨어져 나갔다.

'이제 끝장을…….'

혈공이 기세를 몰아 공격해 가려 하는 순간이었다.

현월의 신형이 그때까지와 달리 급가속을 했다.

초월적인 안력으로도 좇을 수 없을 속도.

현월은 깨어져선 떨어지는 쇳조각들을 일일이 격타했다.

단순히 쳐 날리기만 한 것이 아니라 단전으로부터 끌어 올린 경력까지 실었다.

자그만 쇳조각들이 매섭게 회전하며 혈공에게로 쏘아졌다.

파라라락!

한낮이라 해도 눈으로 확인하기 힘들 만큼 작디작은 쇳조각들이다.

하물며 어둠속에서라면 말할 것도 없었다.

수십 개의 칼날 조각들이 혈공에게로 쇄도했다.

하필 넓게 퍼져 날아오는지라 양옆이나 위로 피하기도 애매했다.

현월은 그것까지 계산에 넣고서 각각의 궤도에 미세하게 변경을 두었던 것이다.

"큭!"

혈공은 두 팔을 교차해 얼굴과 급소들을 가리고는 호신강기를 끌어 올렸다.

그러나 본인이 달려들던 속도에 쇳조각들이 속도가 더해진지라, 호신강기만으로는 막기 어려웠다.

결국 몇 개의 조각들이 피부를 파고들었다.

그리고 이어지는 것은 현월의 밀어차기.

미처 대비하지 못한 혈공의 몸이 바닥을 굴렀다.

"이익!"

혈공이 신음성을 삼키며 강기를 발했다.

그 서슬에 박혀 있던 칼날 조각들이 우수수 떨어져 나갔다.

생채기가 여럿인지라 피투성이가 되었지만 실질적인 피해는 거의 없었다.

그러나 혈공으로선 그게 오히려 굴욕이었다.

"잔재주만 부릴 참이냐!"

몸을 일으킨 혈공이 다시금 현월에게로 쇄도했다.

현월도 칼자루만 남은 장검을 내던지고는 땅을 박찼다.

신형을 쏘아 날리는 방향은 후방.

거리를 벌리려는 것임을 깨달은 혈공이 경공에 한층 힘을 실었다.

"도망치지 못한다!"

검이 깨진 상황을 역이용한 기지는 제법 매섭고도 놀라웠다.

하나 지금의 대결을 장강 물결에 비유한다면 그 임기응변쯤은 갈라져 나온 하천 줄기에 지나지 않았다.

결국 승리하는 것은 보다 강한 쪽.

혈공은 그게 자신이리라 믿어 의심치 않았다.

혈교 서열 십 위의 강자가 바로 그였다.

물론 구 위와의 격차가 상당한 데다 그 위로 한층 강한 괴물들이 존재하긴 했다.

그러나 비교적 젊은 나이임을 감안하면 혈공의 무위는 무척 돋보이는 것이었다.

또래에서 자신을 능가할 강자는 없으리라.

그렇게 자부해 온 혈공이었고, 그것은 지금도 마찬가지였다.

마침내 현월을 따라잡은 혈공이 비릿한 웃음을 흘렸다.

지금 택할 수 있는 것이라면 역시 그의 성명절기인 나찰혈괴장이었다.

우우우웅.

핏빛 섬광이 손바닥으로부터 뿜어져 나왔다.

그것을 복부에 쑤셔 넣는다면 지긋지긋한 놈과의 싸움도 끝장날 것이다.

그때 달아나던 현월이 돌연 방향을 전환했다.

그의 두 손에서도 핏빛 혈광이 번뜩였다.

'나찰혈괴장!'

그러나 혈공은 개의치 않았다.

현월의 나찰혈괴장이 자신의 것에 비하면 몇 수는 족히 아래임을 알고 있기 때문이었다.

그런데 아니었다.

핏빛이던 장강의 빛깔이 이내 칠흑 같은 검은색으로 돌변했다.

"뭣……!"

혈공이 흠칫 놀랐다.

혈교의 무공 중에 이런 식의 장법이 있다는 얘기는 듣지 못했다.

하물며 정파의 무공일 리는 없었다.

소혼장(燒魂掌)이라 불리는 수법이었다.

암천비류공과 한 몸이라 할 수 있는, 암황의 비전무공들 중 하나였다.

또한 그 위력은 결코 나찰혈괴장에 뒤지지 않았다.

애초에 나찰혈괴장 자체가 소혼장을 혈교식으로 재구성한 것에 지나지 않았던 것이다.

암천비류공의 내공이 아닌 한 구사할 수 없는 소혼장을, 다른 심법에 맞추어 새로이 만들어낸 것이 나찰혈괴장이었다.

현월이 혈괴장과 맞지 않았던 것도 이 때문이었다.

본래의 것이라 할 수 있는 소혼장을 구사하는 입장에선 이를 개조한 혈괴장의 형식은 물 위의 기름과 같았다.

쾅!

흑색 강기와 적색 강기가 충돌했다.

지붕 위의 기와들이 반탄력에 밀려나 주변으로 휩쓸려 나갔다.

암흑가의 폐건물이기에 망정이지, 그렇지 않았다면 큰 난리가 났을 것이다.

대조적인 두 빛깔의 강기가 어우러지기를 잠깐.

이윽고 강기의 폭풍 바깥으로 밀려나오는 쪽은 혈공이었다.

"크윽!"

혈공의 얼굴엔 곤혹스러움이 가득했다.

내공 대결에선 결코 밀리지 않으리라 여겼거늘, 확연한 열세를 보이고 만 것이다.

파파파팍!

그의 몸 곳곳에서 상처들이 터졌다.

쇳조각이 박혔던 부위들로 소혼장의 흑색 강기가 침투했고, 그로 인해 근방의 핏줄들이 터진 것이다.

무시무시한 격통이 온몸을 난타했다.

혈공은 자기도 모르게 땅에 엎어졌다.

"으으으윽!"

악귀 같은 혈공으로서도 참기 힘든 고통이었다.

고통도 고통이지만 출혈이 많은 탓에 눈앞이 어지러울

지경이었다.

현월도 멀쩡하진 않았다.

밀려나지 않고 굳건히 버티기는 했으나, 쿨럭 하는 기침과 함께 피를 한 됫박은 토했다.

무리하게 내력을 끌어다 쓴 결과였다.

아무리 소혼장이 나찰혈괴장보다 우위에 있다 한들, 내력의 절대적인 격차를 메울 정도는 아니었던 것이다.

그것을 무시하고 주화입마를 각오하고서 내력을 무리하게 끌어 올렸다.

여기서 밀린다면 승산이 없다고 봤기 때문이다.

그 덕에 뱃속이 진탕되고 기혈은 역류하기 일보 직전이었다.

그나마 다행인 것은 아직 밤의 어둠이 가시지 않았다는 점이었다.

현월은 빠르게 기혈이 안정을 찾는 것을 느꼈다.

그러나 여전히 방심할 수는 없는 상황이었다.

혈공이 무리하게 몸을 일으키려다 이내 한쪽 무릎을 꿇었다.

소혼장의 강기는 여전히 그를 괴롭히고 있는 중이었다.

현월은 어느 정도 내력이 가라앉았음을 느꼈다.

그것을 확인하자마자 지체하지 않고 혈공에게 달려들

었다.

"이익!"

혈공이 비교적 멀쩡한 우장을 뻗어 강기의 벽을 만들고자 했다.

현월이 또다시 소혼장으로 공격해 오리라 생각한 까닭이었다.

그러나 내력을 끌어 올리려 한 순간 단전이 뒤틀리는 듯한 고통이 찾아왔다.

이는 분명 나찰혈괴장의 공능과도 일치했다.

'이런 말도 안 되는……!'

내력을 끌어내지 못하는 것은 현월도 마찬가지였다.

결국 이제부터는 외공과 기술의 싸움이라는 소리였다.

그리고 그것은 더 이상 멋들어진 격전일 수가 없었다.

현월은 달려들던 자세를 그대로 낮추어 혈공의 콧등을 어깨로 들이받았다.

걸쭉한 핏줄기가 솟구치며 혈공의 고개가 뒤로 젖혀졌다.

그 와중에도 혈공은 현월의 옆구리를 왼팔로 움켜쥐었다.

그 상태 그대로 꽉 쥐어 버렸다.

어찌 보면 꼬집는 것과 비슷했지만, 악력이 악력이다 보니 그 위력은 꼬집는 데 비할 바가 아니었다.

현월은 살점이 한 움큼 뜯기는 듯한 격통에 이를 악물었다.

그럼에도 침착하게 고개를 뒤로 젖혔다가 다시 한 번 혈공의 콧등을 들이받았다.

우드득 하는 소리와 함께 콧구멍으로부터 핏물이 쏟아졌다.

고통보다도 호흡이 가빠진 탓에 옆구리를 쥔 손에서 힘이 빠졌다.

현월은 곧장 혈공의 후방로 미끄러져 들어가 양팔을 교차시켜 목을 옥죄었다.

"컥!"

혈공이 뒤늦게 버둥거렸으나 이미 두 팔은 단단히 물린 상태였다.

목이 졸리게 되자 혈공의 두 눈이 튀어나올 듯 부릅떠졌다.

컥컥대는 와중에도 혈공은 무섭게 발버둥 쳤다.

주변에 널브러진 기왓장을 들어 현월의 이마를 찍기도 했고, 고개를 마구 젖혀 뒤통수로 들이받으려고도 했다.

완력 자체가 범인의 영역을 아득히 뛰어넘었다 보니 마구 발버둥을 치는 것만으로도 건물 자체가 들썩일 정도였다.
나중에는 손톱으로 현월의 피부를 박박 긁어댔다.
마치 맹수에게 긁힌 것처럼 기다란 상처가 생길 정도였다.
현월은 그 와중에도 목을 죄는 양팔을 결코 놓지 않았다.
이마가 깨지고 살갗이 벗겨져 나갔지만 이를 악물고 버텼다.
그러기를 한참.
무섭게 요동치던 혈공의 몸이 약속이라도 한 듯 축 늘어졌다.
현월은 그럼에도 두 팔을 풀지 않았다.
죽은 척하여 상황을 모면하려는 것일지도 몰랐기 때문이다.
두 팔에 힘을 단단히 준 채 기다렸다.
그러는 동안 혈공의 입에서는 피가 섞인 거품이 흘러나왔다.
두 눈은 까뒤집어진 지 오래였다.
피이이이.
기묘한 숨소리가 흘러나왔다.
기도에 남아 있던 공기가 빠져나오는 소리.

혈공이 정말로 죽었음을 알리는 소리였다.

현월은 그제야 양팔에서 힘을 뺐다.

두 팔뚝이 찌르르 울렸다.

어찌나 힘을 줬던지 새하얗게 질려 있는 상태였다.

혈공은 미동조차 하지 않았다.

걸쭉하게 흘러나오는 피거품만이 그가 죽은 지 얼마 되지 않았음을 증명하는 듯했다.

'혈교의 무인…….'

어느 정도 예상은 했지만 정말로 강했다.

훤한 대낮에 정면 대결을 펼쳤다면 죽어 자빠지는 쪽은 오히려 현월이었을 것이다.

그런 혈공조차 혈교라는 거대 집단을 이루는 조각들 중 하나에 불과했다.

그것을 떠올리니 앞으로의 일이 한층 아득해지는 기분이었다.

'종이 한 장 차이였으려나.'

상대에 대해 아는 것과 모르는 것, 승패를 가른 것은 아마도 그 미세한 차이일 터였다.

잠시 동안 누워서 허공을 응시하던 현월이 일어났다.

이윽고 그는 혈공의 품속을 뒤져 보았다.

혈교나 유설태에 대한 단서가 있을까 싶어서였다.

그리고 서신 하나를 찾아낼 수 있었다.

내달 닷샛날에 돌아와 다음 명령을 하달하겠다. 은호방주의 방주실에서 자정에 대기하고 있으라.

짤막한 내용 아래로는 현월도 익히 알고 있는 이름이 쓰여 있었다.

"관수원."

현월의 입가에 서늘한 미소가 걸렸다.

그는 서신을 갈무리하고는 혈공의 몸을 더 살폈다.

아쉽게도 그 이상 도움이 될 만한 것은 없었다.

그래도 이 정도면 수확은 상당히 크다고 할 수 있으리라.

"그렇다면……."

현월은 시선을 돌렸다.

멀찍이 횃불들이 어지럽게 일렁이는 곳.

마찬가지로 암흑가에 속한 그곳에선 현검문과 은호방 사이의 전투가 한창이었다.

그리고 그보다 조금 위.

어느 건물의 지붕 위에서는 유화란과 현유린이 협공을 펼치고 있었다.

두 여인의 칼날이 친 그물 안에서 버둥거리는 이는 물론 은호방주 구용단이었다.

현월은 곧장 그쪽으로 신형을 날렸다.

상처가 채 아물지 않은 상태이긴 했으나 최대한 현검문의 희생을 줄이는 게 우선이었다.

*　　　*　　　*

삽시간에 수십 장 거리를 좁힌 현월은 곧장 은호방 무사들 사이로 파고들었다.

퍼퍼퍽!

현란한 권각이 허공을 수놓았다.

구태여 내력을 가할 것도 없이, 인체의 급소를 가볍게 타격하는 것만으로도 무사들이 픽픽 쓰러졌다.

예상치 못한 급습에 은호방 측 전열이 한순간에 붕괴됐다.

그것을 확인한 현검문 문도들이 거세게 밀어붙이기 시작했다.

그들 대부분은 녹림맹과의 결전을 앞두고도 문을 떠나지 않은 이였다.

그만큼 강건한 성정을 지니고 있다고 봐야 했다.

거기다 녹림맹과 한판 붙지 못해 혈기만 남아도는 처지였으니, 기세가 오르게 되자 노도처럼 은호방을 몰아붙였다.

아래쪽의 전황이 크게 기울어졌음을 확인한 은호방주의 얼굴이 핼쑥해졌다.

안 그래도 두 계집을 제압하지 못해 불안하던 차였는데, 최악의 상황이 벌어진 것이다.

일장을 떨쳐 두 여인을 밀어난 은호방주가 욕설을 토했다.

"제기랄! 혈공 그 개자식은 대체 무얼 하고 있는 거야!"

"이미 죽었다."

"……!"

은호방주의 목덜미에 소름이 돋았다.

어느새 배후까지 접근한 현월이 우수를 뻗어 은호방주의 목을 움켜쥐고 있었다.

어둠에서 갑자기 나타난 것만 같은 무시무시한 잠행술이었다.

"네, 네놈……."

현월은 은호방주의 귀에만 들리게끔 작게 속삭였다.

"혈교에 대해선 얼마나 알고 있지?"

"뭐, 뭐라고?"

목소리의 떨림만으로도 은호방주가 무지하다는 것을 알 수 있었다.

'그저 혈공의 힘에 굴복하여 그의 뜻대로 행동한 것뿐일 테지. 암흑가 일통이라는 달콤한 회유에 넘어간 면도 있을 테고.'

현월은 우수를 거두었다가 그대로 은호방주의 등허리를 격했다.

척수가 있는 위치였다.

콰직!

섬뜩한 소리가 울렸다.

뼈가 박살 나고 신경이 찢겨지는 소리였다.

마치 실 끊어진 인형처럼 은호방주가 스르르 무너졌다.

그 와중에도 그의 얼굴엔 이해할 수 없다는 표정이 새겨져 있었다.

그는 엎어진 채로 두 팔을 버둥거렸다.

"허억. 허억. 헉. 이, 이게 무슨……?"

현월은 말없이 유화란을 돌아봤다.

나머지는 뜻대로 하라는 눈짓을 보냈다.

유화란이 그 뜻을 깨닫고는 고개를 꾸벅 숙였다.

"알겠어요. 그리고… 고마워요."

"감사할 필요는 없소."

"알아요, 당신은 당신의 목적을 위해 나섰을 뿐이라는 거. 그래도 고마운 건 고마운 거예요."

"놈은 어떻게 할 생각이오?"

유화란은 장검을 역수로 쥐었다.

"놈이 지껄인 말이 있었어요. 마 대협의 얼굴 가죽을 벗겨냈다고 했어요. 그리고 저는 원한은 그대로 갚아야 한다고 생각해요."

"잠시만요."

현유린이 유화란의 어깨를 짚었다.

그녀는 너무 심하지 않느냐는 말을 하려 했다.

하지만 유화란의 볼을 타고 흐르는 눈물을 보고는 말을 삼켰다.

"스승님의 복수를 하겠어요."

유화란의 목소리에 담긴 결의는 확고했다.

현유린 역시 그녀를 말릴 수 없으리라 생각하고는 손을 거두었다.

유화란이 저벅저벅 은호방주에게 다가갔다.

버둥거리는 은호방주 머리 위로 달빛을 가리는 그림자가 늘어졌다.

식은땀을 삘삘 흘리며 은호방주가 말을 쏟아냈다.

"자, 잠깐. 나는 그 혈교 놈에게 이용당했을 뿐이야."

"……."

"애초부터 네 스승을 죽이고자 하는 생각 따위는 없었다."

"……."

"사, 살려다오. 사룡방주도 네가 이러는 것을 바라지는 않을 거다. 복수는 복수를 낳을 뿐……."

콰악!

유화란은 그대로 은호방주의 뒤통수를 밟아 버렸다.

졸지에 주둥이를 바닥에 처박은 은호방주가 몸을 바르르 떨었다.

"끄흐으으!"

깨진 이빨들이 후두둑 떨어졌다.

"더 짖으면 혀를 뽑아 버리겠어."

"끄으으……."

유화란은 장검을 잠시 내려다보더니 그것을 바닥에 대고 휘둘렀다.

검신이 분질러져 땅을 뒹굴자 손을 뻗어 그것을 쥐었다.

그녀의 새하얀 손아귀에서 선혈이 흘러내렸다.

그 와중에도 유화란의 표정은 담담했다.

새벽이 다가오는 밤공기 사이로 처절한 비명이 터져 나왔다.

8장

암흑가평정계

사룡방주의 봉분은 그가 지내던 초옥 뒤편에 만들어져 있었다.

자그만 돌무덤이었다.

묘비가 있어야 할 자리엔 낡은 장검 하나가 땅에 꽂혀 있었다.

여남의 암흑가를 좌우하던 인물의 무덤 치고는 참으로 초라했으나, 다시 생각해 보면 제법 어울리는 것도 같았다.

그 옆에는 비교적 근래에 만들어진 흙무덤이 존재했다.

마찬가지로 묘비 대신 기다란 장창이 그림자를 드리우고 있었다.

마원용의 묘였다.

유화란은 그 앞에 무릎을 꿇고는 가져온 향을 피웠다.

그 뒤에는 현월과 담예소가 자리하고 있었다.

그녀는 품속에서 무언가를 꺼냈다.

삼베로 가지런히 감싸 둔 그것은 부러진 칼날이었다.

그날, 은호방주의 낯가죽을 도려냈던 칼날이었다.

"그자의 얼굴 가죽은?"

"태워 버렸어요. 그런 거 가지고 와봐야 스승님께서 좋아하실 것 같지도 않았고요."

현월의 물음에 유화란이 대답했다.

"사실 놈의 말이 옳긴 했어요. 잔인하게 복수해 봐야 스승님께선 만족하시지 않으셨을 거예요. 어쩌면 제가 놈을 용서해 주길 바라셨는지도 모르죠. 하지만 제가 그러기 싫었어요."

"……."

"제가 이상한 걸까요?"

"그렇게 생각하진 않소."

"전 모르겠어요. 복수를 하고 나니 후련함보다는 먹먹하기만 해요. 이게 끝나고 나면 괜찮아질 거라 생각했는데,

그런 것 같지도 않아요."

여남의 암흑가는 지금 혼란의 소용돌이에 빠져 있었다.

아슬아슬한 균형을 유지해 오던 두 존재, 사룡방주와 은호방주가 모두 사라져 버린 까닭이다.

은호방은 와해되었다.

그날 싸움에서 심대한 타격을 입었음을 생각해 보면 지극히 자연스러운 수순이었다.

그리고 그것은 사룡방 역시 다를 게 없었다.

사룡방주의 후계자로 유화란이 남아 있긴 했으나, 그녀에겐 방을 이을 의지가 없었다.

애초에 그녀의 뿌리부터가 암흑가와는 조금 동떨어져 있기도 했고.

"원래 집안이 표국을 운영했다고 들었소."

"금 노괴한테 들었나 보군요. 이미 오래된 일이에요. 그땐 세상 물정도 모르는 어린애였죠."

"앞으로 어떻게 할 생각이오?"

유화란은 한숨을 쉬었다.

"모르겠어요. 맥이 탁 풀렸어요. 머릿속이 텅 빈 것 같은 기분이에요."

현월은 그녀의 뒷모습을 응시하다가 말했다.

"현검문이 소저를 거두어줄 수도 있소."

흙바닥에 향을 꽂은 유화란이 몸을 돌렸다.

"그럴 이유는 없을 텐데요? 우리가 그 정도 사이는 아니지 않나요?"

"그랬지."

"날 동정하는 건가요?"

"아니. 다만 그러는 편이 나로서도 편하기에 그렇소."

"무슨 뜻이죠?"

잠시 침묵하던 현월이 말했다.

"그날 은호방주와 함께 있던 사내를 소저 역시 보지 않았소?"

유화란이 흠칫했다.

은호방주가 반드시 도륙해야 할 적이라면, 혈공은 그녀로서는 도저히 어찌할 방도가 없는 존재였다.

그 두 사람이 지닌 무위의 격차란 그 정도로 확연했던 것이다.

그런 고수가 어느 날 하늘에서 뚝 떨어졌을 리 없다.

필경 이유가 있기에 나타난 것이리라.

그에 얽힌 자세한 사정까진 알지 못하는 유화란이었으나, 그 사내에게 배후가 있으리란 것쯤은 짐작하고 있었다.

그리고 현월이 그것과 관련되어 있으리라는 것 역시.

"대체 그는 누구죠? 그런 자가 한 명뿐인 건가요? 아니면 제가 모르는 또 다른 무언가가 있나요?"

"자세한 사정은 얘기할 수 없소. 분명한 것은, 놈들은 현재로썬 자신들의 정체를 철저히 숨기려 하고 있다는 거요."

"정체를 숨긴다고요?"

"그렇소."

현월은 내처 말했다.

"다만 분명한 것은 그들이 다시 나타나게 될 거란 점이오. 그렇게 된다면 나로서는 현검문을 지키는 것만으로도 벅찰 거요."

"……."

유화란은 현월의 말뜻을 이해할 수 있었다.

그러나 왜 그가 갑자기 자신을 보호하려 드는지는 이해하기 힘들었다.

"어째서죠?"

많은 의미가 함축되어 있는 물음이었다.

잠시 침묵하던 현월이 짤막하게 대꾸했다.

"지금 소저가 느끼고 있는 감정을 나 역시 느껴 보았으니까. 당장 생각나는 대답은 그것뿐이군."

유화란은 의아한 눈으로 현월을 보았다.

그러고 보면 언젠가 비슷한 얘기를 현월에게서 들었던 기억이 났다.

하지만 이상한 일이었다.

현월의 가족들은 하나같이 무탈하게 살아 있었고 그의 집인 현검문 역시 무사했다.

녹림맹의 습격을 받을 뻔도 했으나, 그 역시 현월이 홀로 저지하지 않았던가.

'이해할 수 없는 사람.'

유화란은 속으로만 중얼거렸다.

* * *

유화란과 담예소가 현검문을 찾아온 것은 다음 날의 일이었다.

현월은 문주 대리의 자격으로 두 사람을 외당원 무사로 받아들였다.

물론 그녀들이 흑도 출신임을 아는 문도들은 대경실색했지만, 현월의 결정에 토를 다는 이는 없었다.

이미 몇 번이나 직, 간접적으로 현월의 무위를 경험한 그들이었다.

그들은 어느새 현무랑 이상으로 현월을 신뢰하고 있었다.

물론 그 바탕에 있는 것은 힘의 논리였다.

무림 전체를 지탱한다 할 수 있는 강자존의 논리 말이다.

물론 그것을 무시하고서 반대할 수 있는 유일한 인물이 있긴 했다.

그런데 현유린은 의외로 별말이 없었다.

유화란을 딱히 좋아하지 않았던 것을 생각해 보면 이상한 일이었다.

궁금함이 동하기는 현월도 마찬가지였다.

"내 결정에 반대하지 않는구나?"

"문주 대리는 내가 아니라 오라버니니까요."

"그래도 조언 정도는 할 수 있겠지. 그게 아니면 내가 모르는 새에 친해지기라도 한 거니?"

현유린은 고개를 휘휘 저었다.

"그 여자가 마음에 안 드는 건 지금도 마찬가지예요. 다만……."

"다만?"

"가족을 잃었잖아요. 그런 사람을 매몰차게 내칠 수는 없으니까요."

*　　*　　*

그 후로 며칠이 더 지나고, 마침내 현무량이 무림맹으로부터 돌아왔다.

현무량의 외관은 떠나던 날과 마찬가지였다.

최소한 언동이나 외관에는 별다른 변화가 없어 보였다.

그러나 현월로선 마냥 마음을 놓을 수가 없었다.

이미 혈교의 계획을 알게 된 이상, 그들이 현무량에게 무슨 수작을 부렸을지 알 수 없는 일이었다.

현월은 문주의 상징인 봉문검(奉門劍)을 반납하기 위해 문주실을 찾았다.

"원, 녀석도. 아비가 돌아오자마자 홀랑 돌려주는 걸 보니 어지간히도 귀찮았던 모양이구나."

"공적인 의식은 되도록 신속하게 끝내는 게 좋다고 생각했습니다."

"허허. 그러하냐."

때마침 채여희가 술상을 가지고 왔다.

현월을 본 그녀가 부드러운 미소를 지었다.

"월아, 소아가 오라버니를 보고 싶다며 자꾸 칭얼대더구나. 시간이 나면 외당에 좀 찾아가 주렴."

"네, 어머니."

채여희는 현유린과 달리 유화란과 담예소를 무척 반기는 입장이었다.

아마 평범한 아낙과 무림 여인의 차이일 터였다.

특히나 그녀는 담예소를 친딸처럼 귀여워했다.

담예소가 나이에 비해 무척 영민한 것이 마음에 든 모양이었다.

현무량이 의아한 얼굴을 했다.

"소아라니? 나 없는 사이에 무슨 일이라도 있었던 게요?"

"그런 일이 있었답니다. 자세한 사정은 월이가 설명해 줄 거예요."

"허어, 알겠소."

채여희가 방을 떠났다.

부자는 술상을 앞에 두고 나란히 앉았다.

"제법 많은 일이 있었던 모양이구나."

"예."

"우선은 좀 들어 보자꾸나."

현월은 최대한 간략하게 그간의 사정을 설명했다.

물론 혈공이나 혈교에 관한 얘기는 배제하거나 적당히 둘러댔다.

사룡방주와 은호방주의 대립.

이호탐랑(二虎貪狼)으로 인한 암흑가 양대 세력의 공멸.

그로 인한 여남의 혼란…….

이야기를 듣는 현무량의 낯이 차츰 어두워졌다.

"나는 그것도 모르고 여정을 즐기고만 있었군. 부끄러운 일이로구나."

"아버지께서 부끄러워하실 이유는 없습니다."

"관에서는 어찌하고 있더냐?"

현월은 고개를 저었다.

그 의미를 이해한 현무량이 표정을 한층 구겼다.

"여남의 관부는 썩어빠졌지. 그것을 모르는 것도 아니었거늘, 흑도의 무리가 설치는 것은 너무나 오랫동안 방치해 두었어."

혼란스러운 시대였다.

왕권이 약화됨에 따라 도처에서 도적들과 군웅들이 들고 일어났고, 관부는 그것을 통제하지 못한 채 주색잡기에만 빠져 있었다.

결국 성의 치안을 맡는 것은 정도의 문파들이었으나, 역시 그들만으로는 한계가 있었다.

"이번 일은 역시 나의 실착이다. 조금 더 빨리 여남의 치안에 손을 썼어야 했어."

스스로를 책망하는 현무량이었으나, 현월은 그게 지나친 자책이라 생각했다.

애초에 현검문은 군소 문파에 지나지 않는다.

규모에 비해 이름은 제법 알려진 편이었으나 실질적인 영향력은 그에 미치지 못했다.

녹림맹에게 멸문당해야 했던 과거만 봐도 그러했다.

냉정하게 말해 현검문이 진정 여남제일문이었던들 산적 무리에게 당하진 않았을 것이다.

기실 이번 은호방과의 일전에서 승리한 것도 은호방과 사룡방이 공멸한 덕이 컸다.

어부지리라고만 하기엔 현월의 무위가 워낙 돋보였지만 말이다.

"한데 이렇게 되고 보니 잘됐다는 생각도 조금 드는구나."

"어떤 것이 말씀입니까?"

현무량이 미소를 지었다.

"이 아비도 그저 놀고먹기만 하려고 맹주님의 초대에 응한 것은 아니었다. 맹주님과 독대한 자리에서 여남의 상황에 대해 대략적으로 설명을 드렸지. 그분께서는 즉각 대응하시겠다고 하셨다."

"그랬군요."

"그리고 이번에 그 일환으로 유능한 인재를 파견하겠다고 하셨다. 너도 익히 알고 있지 않더냐?"

현월은 애써 무표정을 유지했다.

"……통천각의 부각주 말씀이군요."

"처음 대면했을 때는 내가 좀 쌀쌀맞게 대하긴 했지. 한데 몇 차례 얘기를 나눠 보니, 내가 그와 무림맹에 대해 오해하고 있었더구나."

현월의 시선이 바빠졌다.

그는 현무량에게서 혹 세뇌나 방술 등의 흔적이 있는 건 아닌지 면밀하게 살폈다.

다행히 그런 것 같지는 않았다.

물론 세치 혀만으로 현무량 같은 호인을 구워삶는 일쯤은, 관수원 같은 자에게 있어 누워서 떡 먹기일 터였다.

"그렇습니까."

"음. 그 역시 무림의 미래를 걱정하는 한 사람의 열사였다."

현월은 쓴웃음을 지었다.

과연 자신이 알고 있는 미래를 보게 된다면 현무량은 어떤 표정을 지을까.

물론 이제는 사라진 미래에 지나지 않았다.

현월이 돌아옴으로써 모든 것이 바뀌었으니까.

그것은 앞으로도 마찬가지였다.

그렇게 되게 만들 것이다.

"부각주는 언제쯤 방문할 예정이랍니까?"

"듣기로는 내달 넷째 날이 될 거라더구나. 그때 좀 더 긴밀히 얘기를 나눌 참이다."

혈공이 지니고 있던 서신에 적힌 날짜는 닷샛날이었다.

별다른 차이가 없는 것을 보면 중도에 계획이 변경되거나 하진 않은 모양이었다.

다시 말해 그쪽에선 아직 혈공의 죽음에 대해서 모른다는 의미.

현월로서는 좋은 일이었다.

"잘되었군요."

* * *

현무량은 여남 내의 문파들에 공문을 돌렸다.

함께 여남의 치안을 바로잡자는 내용이었다.

상당한 규모의 자경단이 금세 생겨났다.

평소와 달리 문파들이 꽤나 협조적으로 나왔던 까닭이다.

현무량은 무림맹의 위명 덕분인가 했지만, 기실 그들의 마음을 돌린 것은 현월에 대한 소문들이었다.

홀로 녹림맹을 궤멸시키고 암흑가를 쓸어버린 자.

이곳저곳으로 퍼진 소문은 어느새 눈덩이처럼 불어나, 사실은 현월이 사룡방주와 은호방주 모두를 제거했다는 수준에 이르렀다.

현월로서는 내심 신경이 쓰이는 일이었다.

현월에 대한 소문들이 그나 현검문에 있어 좋다고만 보기 애매했던 것이다.

더군다나 또 다른 문제가 예상치 못한 방향에서 터져 나왔다.

바로 관부였다.

그들 입장에선 자기네가 떡하니 버티고 있는데 문파들이 나서는 꼴이 곱게 보일 리가 없었다.

완전히 관을 우습게 보는 일이었으니 말이다.

더군다나 암흑가가 박살이 난 것은 그들에게 있어 결코 좋은 일이 아니었다.

암흑가를 통해 관부로 흘러들어 오는 돈은 실로 막대한 양이었는데, 그것이 한순간에 휙 날아가 버린 것이다.

일단은 현검문의 위세가 워낙 독보적이니 나서지는 않고 있었지만, 그들은 어떻게든 꼬투리를 잡아 족치려 들 것이었다.

그리고 현월은 알고 있었다.

이 모든 갈등 관계를 일거에 해결할 방법이 있다는 것을.

*　　*　　*

외당의 한편에는 오래된 느티나무가 있었다.

유화란과 담예소는 그곳을 자주 찾았는데, 제법 운치가 있는 데다 문도들과 마주칠 일이 거의 없다는 이점 때문이었다.

현월이 데려오고 채여희의 귀여움을 받고 있긴 했지만 기본적으로 그들은 흑도의 잔당이었다.

문도들의 시선이 좋을 리가 없었다.

더군다나 몇몇은 노골적인 음심을 품고서 그녀를 훔쳐보고는 했다.

마치 가벼운 여자를 보는 듯한 시선.

실제로 흑도 무림의 여인에 대한 편견은 그러했다.

유화란으로서는 참기 힘든 일이었다.

암흑가의 거리였다면 생각할 것 없이 주먹질을 했을 것

이다.

그리 한다 해서 큰 문제가 되지는 않았으니 말이다.

그러나 이곳에선 달랐다.

표면적으로는 손님인 만큼 내부인들의 비위를 맞춰 줘야 했다.

그들에게 주먹을 내지른다는 것은 상상조차 할 수 없었다.

그러니 별수 있겠는가.

그녀 쪽에서 피하는 수밖에.

담예소는 목검을 상하좌우로 번갈아 휘두르고 있었다.

현월의 말마따나 그녀의 재능은 비범했다.

사룡방주가 살해당하지 않고 그녀를 제대로 돌봐 줬다면 관례를 치르기도 전에 여남 전역에 이름을 날렸을지도 모른다.

부족한 공부는 유화란이 보충해 주고 있었지만, 그녀로서는 아무래도 모자란 면이 많았다.

사룡방의 비전무예인 비룡십이박(飛龍十二搏)을 모두 깨친 그녀였지만 그 깊이는 아무래도 스승인 사룡방주에 비할 바가 아니었다.

수련에 열중하던 담예소가 돌연 검을 멈추었다.

"어? 오라버니?"

유화란은 고개를 들었다.

과연 현월이 그녀들에게로 다가오고 있었다.

담예소의 얼굴이 대번에 밝아졌다.

실질적으로 함께한 기간은 며칠이 안 될 텐데도, 그녀는 현월을 진심으로 좋아했다.

아마도 그 때문일 것이다.

현월이 그녀를 자주 찾지 못하는 것은.

이십여 년의 시간을 비정한 살수로만 지내야 했던 현월이다.

유설태나 소수의 동료들을 제외하면 어느 누구에게도 정을 붙인 적이 없었다.

그나마 연이 닿은 이들도 하나같이 임무로 얽힌 관계에 지나지 않았다.

그런 까닭에 사람을 대하는 것이 너무나 낯설기만 했다.

가족들은 조금 달랐다.

항상 그리워해 왔고, 결코 사라지지 않을 추억과 기억들이 머릿속에 자리 잡고 있었기 때문이다.

그러나 그 외의 사람들은 그저 껄끄럽기만 했다.

그들이 보내오는 호의조차도 마음 놓고 받아들일 수가 없었다.

처절하게 배신당했기 때문이기도 하겠고, 현월의 성격 자체가 냉정하고 의심이 많기 때문이기도 할 터였다.

그중에서도 담예소는 한층 특별했다.

가족들을 제외한다면 이렇게나 현월에게 친밀하게 다가오는 사람은 없었으니 말이다.

더군다나 그것은 철저한 호의를 기반으로 하고 있기까지 하다.

어떤 말을 꺼내야 할까 고민하다가 현월이 입을 열었다.

"검을 휘두를 때 보폭이 지나치게 넓더구나. 조금 더 좁히고, 어깨의 폭 역시 좁히는 게 좋다. 네 검법이 큰 자세와 힘을 필요로 하진 않으니."

담예소가 두 눈을 빛냈다.

"그리고요?"

"……글쎄. 그것 말고는 딱히 지적할 만한 부분은 없는 것 같다."

"헤에, 칭찬 감사해요."

뭐가 그리 좋은지 싱글벙글 웃는 담예소였다.

현월은 도무지 알 수 없다는 얼굴로 그녀를 쳐다봤다.

"오라버니는 그동안 잘 지내셨어요? 어머니께서 걱정하시더라고요."

"어머니?"

"네. 오라버니의 어머니요. 저더러 그냥 어머니라 부르라 하셨거든요."

"그랬군."

"근데 정말 괜찮으신 거죠? 요즘 어머니도 오라버니 때문인지 걱정이 많으신 것 같아요. 어머니를 걱정하게 하면 안 돼요."

"……알고 있다."

난감한 표정을 짓는 현월.

하기야 이런 훈계를 듣게 될 줄은 상상도 못했을 것이다.

담예소는 뭐가 그리 재밌는지 키득거리며 웃었다.

어쩐지 우스꽝스러운 그 모습에 유화란은 쓴웃음을 지었다.

아마 현월은 모를 것이다.

사룡방주의 죽음 이후로 담예소가 저렇게까지 활짝 웃은 적은 처음이라는 것을.

'이상한 사람이야.'

유화란이 보기에 현월은 모든 것을 갖춘 사람이었다.

강대한 무위.

무공에 대한 깊은 이해.

비상한 지능.

자애로운 어머니와 인격자인 아버지.

거기에 야무진 여동생까지…….

그런데도 현월을 볼 때마다 어딘지 모르게 정에 굶주려 있다는 느낌을 받고는 했다.

그런 까닭에 담예소의 스스럼없는 태도 앞에 난감해 하는 것일 테고 말이다.

'대체 그는 무슨 일을 겪었던 걸까.'

눈치 빠른 유화란은 익히 알고 있었다.

부모님과 여동생에게까지 숨기고 있는 무언가가 현월에게 있다는 것을.

아마 그것이 현월의 저런 태도를 갖게 된 원인일 터였다.

"무슨 일로 오셨죠?"

그녀의 물음에 담예소가 한 발짝 물러났다.

말씀들 나누시라는 의미.

그냥 귀엽기만 한 꼬마구나 싶다가도 이럴 때 보면 참 영민했다.

현월은 살았다는 표정을 지었다.

말은 하지 않았지만 그가 자신에게 고맙다는 시선을 보내는 걸 유화란은 놓치지 않았다.

"여남 암흑가의 일로 의논할 게 있소."

"어떤 것 말이죠?"

"익히 알고 있을 거라 생각하오만."

물론 그러했다.

애초에 흑도의 여인인 유화란은 여남이 혼란에 빠지리라는 것을 예상하고 있었다.

"지금쯤이면 잘나신 무림 명숙들께서도 철저히 깨닫고들 계시겠죠. 그들이 평소 우습게보던 무리가 해 온 일이 무엇인지. 그들에게서 뒷돈을 받아오던 작자들은 더더욱 그럴 테고요."

"고소한 마음이 드는 것은 이해하지만 이제 끝낼 때가 되었소. 이 상황이 계속되어 봐야 흉터만 커질 테니."

"알아요. 하지만 방도가 없잖아요? 사룡방도 은호방도 완전히 공멸했는데."

유화란은 낮게 한숨을 쉬었다.

"사실 그보다 중요한 것은 구심점이 될 만한 인물이 없다는 거예요. 기실 아랫사람이야 얼마든 충원이 가능하지만, 강력한 지도자는 쉽게 구할 수 없는 법이니까요."

"나도 그렇게 생각하오."

"그럼 무엇을 의논하겠다는 거죠?"

"사람을 하나 만들 생각이오. 그것을 도와줬으면 좋겠소."

유화란은 물끄러미 현월을 쳐다봤다.

"청혼이라도 하는 거예요?"

"……."

"알아요. 재미없는 농담인 거. 그냥 이해가 되질 않아서 그래요. 사람을 만든다는 게 무슨 뜻이죠?"

"소저 스스로가 조금 전에 말했잖소. 구심점이 될 강력한 존재가 필요하다고."

"그랬죠. 그런데……."

중얼거리던 유화란이 돌연 미간을 좁혔다.

현월이 말하는 바를 알 것 같았기 때문이다.

"현 소협 본인이 여남 암흑가의 지배자가 되겠다는 건가요?"

"그건 아니오."

"그렇다면요?"

"유령을 하나 만드는 거요. 모두가 실존한다고 여기지만 실제로는 존재하지 않는 자를."

"그런……?"

유화란이 말끝을 흐렸다.

한 가지 과정이 머릿속을 스쳐 지나갔다.

홀연히 나타난 절대고수가 혼란에 잠긴 암흑가를 단기간에 평정한다.

사룡방주와 은호방주마저 능가하는 압도적인 무위 앞에 수많은 무인이 고개를 조아리고, 몇몇 두뇌가 그를 도와 그림자 속에서 여남의 정세를 조율한다.

일단 압도적인 무위를 몇 차례 펼쳐주고 난 뒤라면, 그는 자신의 이름을 흘리는 것만으로도 많은 것을 조절할 수 있게 된다.

현월은 자신이 그 고수의 역할을 하겠다고 말하고 있었다.

"내게서 뭘 바라죠?"

"인맥. 방파를 운영할 수 있을 정도의 수완을 지닌 사람이 필요하오. 실질적으로 암흑가를 운영할 수 있는 두뇌가. 설마 그런 이들 모두가 지난 겁난에 휘말리지는 않았을 거라 생각하오만."

"그건… 그렇죠."

유화란은 턱을 괸 채 생각에 잠겼다.

기실 현월의 제안은 획기적이면서도 효과적인 것이었다.

이른바 암흑가평정계라 할 수 있을 것이다.

더군다나 그녀 역시 여남의 혼란이 계속되는 것은 바라지 않았다.

"……한번 해보죠. 도움이 될 만한 사람을 찾아보겠어요."

"고맙소."

"이 정도를 가지고 뭘요. 그런데 유령이 됐든 허깨비가 됐든 이름이 필요할 텐데요. 생각해 둔 거라도 있나요?"

"한 가지가 있기는 하오."

"그게 뭔가요?"

잠시 침묵하던 현월이 대답했다.

"암제."

9장

암제귀환

범이 떠난 산중을 차지하는 건 흔히 여우라고들 하지만, 실제로 그러한가를 살펴보면 상황이 약간 달랐다.

범에게는 압도적인 힘이 있다.

힘차게 토해내는 일장 포효만으로 산중의 모든 동물을 벌벌 떨게 할 힘이 있다.

그러나 여우에게 그런 힘을 바라기는 어렵다.

토끼나 다람쥐 따위보다야 강하기는 하겠지만, 산 전체를 휘어잡을 압도적인 힘 따위는 지니지 못했다.

그렇기에 범이 떠난 산중은 어중이떠중이들의 차지가

된다.

범이 날뛰던 동안은 숨소리조차 죽여 가며 연명하던 동물들이, 모조리 바깥으로 튀어나와서는 산왕을 자처하는 것이었다.

물론 그중 어느 누구도 산왕에 오를 만큼의 장악력을 보이진 못한다.

때문에 이런 경우는 대부분 난장판으로 변질되게 마련이었다.

그뿐이면 좋을 텐데, 최소한의 통제조차 사라지게 되니 손을 대선 안 되는 영역에까지 손을 대는 이들마저 나타났다.

예컨대 양귀비나 아편 같은 마약들이 그러했다.

사룡방주와 은호방주는 마약의 반입을 철저히 금했다.

잘못 유통된 마약이 공동체 하나를 삽시간에 망칠 수 있다는 것을 잘 아는 까닭이었다.

때문에 그들은 다소간의 무력까지 사용해 가며 마약의 반입을 막았다.

그러나 그들이 사라진 지금, 마약의 유통을 제지할 자는 더 이상 없었다.

끝이 보이지 않는 혼란.

여기에서 이놈이 싸우고 저기에서 저놈이 싸우지만 판국

을 휘어잡는 이는 없다.

그런 주제에 생채기만 주고받다 보니 남는 것은 없고 혼란도 가라앉지 않는다.

현재 여남의 암흑가가 딱 그러한 형국이었다.

물론 자정 노력이 없었던 것은 아니다.

현검문을 위시로 한 정도 문파들이 자경단을 구성해 흑도 무인들을 견제하기는 했다.

하나 그것만으로는 드넓은 여남 전역을 수호하기란 어려운 일이었다.

자금줄 역시 문제였다.

사람을 부려먹으려면 응당 그에 상응하는 대가가 필요한데, 대다수 문파들로선 이게 꺼려질 수밖에 없었다.

자경단 일이란 게 으레 그렇듯 돈은 돈대로 들고 남는 것은 아무것도 없었으니 말이다.

더군다나 상당수의 문파들은 자금난을 겪는 중이었다.

그간 뒷구멍을 통해 자금줄을 조달해 주던 암흑가 방파들이 사라지고 나니 자연히 가계에 구멍이 생겨 버렸다.

정파 무림이 지닌 위선의 단면을 나타내는 씁쓸한 일화였다.

자연히 문파들은 이런저런 핑계를 대며 떨어져 나갔다.

현무량은 그 와중에도 굳건히 버티고 있었지만, 그로서

도 슬슬 힘에 부치는 것이 사실이었다.

*　　*　　*

안개가 자욱이 깔린 저수지.

어둠이 내려앉은 그곳의 부두를 가로지르는 이들이 있었다.

사내 세 명이었다.

양측의 두 명이 가운데 사내의 양팔을 붙들고 질질 끌고 가는 형국이었다.

가운데 사내는 이미 늘씬하게 얻어맞은 듯 곳곳에 피멍이 들어 있었다.

인적이 거의 없는 구석에 다다른 그들이 팔을 놓았다.

가운데 사내는 그대로 엎어져서는 몸도 가누지 못했다.

그의 앞에는 흉터투성이 거한이 앉아 있었다.

거한 앞에는 모닥불이 있었는데, 꼬챙이 하나가 그곳에 꽂혀서는 달궈지는 중이었다.

"이놈입니다, 형님."

거한이 미심쩍은 눈을 했다.

"제대로 데려온 게 맞겠지?"

"확실합니다. 이놈이 구용단 그놈의 회계를 담당했던 샌

님이 틀림없습니다. 먼발치에서 몇 번 본 적이 있습니다."

"일으켜 세워 봐."

두 사내가 우악스럽게 양팔을 잡아당겼다.

엎어진 채 꿈틀대던 사내의 몸이 위로 당겨졌다.

오른편에 있던 사내가 머리채를 끄집어 당겼다.

가운데 사내의 고개가 젖혀졌다.

새하얀 피부의 청년이었다.

상당한 미남이었던 듯, 곤죽이 된 마당에도 가느다란 얼굴선만큼은 완연해 보였다.

청년을 물끄러미 쳐다보던 거한이 물었다.

"구용단 그 새끼가 숨겨 놓은 뒷돈이 꽤나 된다지? 어디에 숨겨놨냐?"

"이미… 모두 빼앗겼소."

거한이 힐끔 눈짓을 했다.

우측에 있던 사내가 청년의 복부를 걷어찼다.

"커헉!"

청년이 밭은기침을 토해댔다.

안 그래도 엉망이 된 몸을 있는 힘껏 걷어차니 당장이라도 죽을 것처럼 발작을 했다.

"개소리 지껄여 대면 재미없어. 구용단 그 개자식이 그간 착취해댄 게 얼만데, 하나도 남지 않았다는 게 말이 되나?"

"저, 정말입니다. 방주가 죽은 날, 한 자리 차지하고 있던 이들이 대부분 빼돌려 달아났습니다. 그나마 남은 것들도 혼란스런 와중에 모조리 털렸고요."

"하. 이거 정말 말 안 통하는 놈이네."

우측에 있던 사내가 청년의 새끼손가락을 그대로 꺾었다.

갑작스레 손가락이 골절된 청년이 비명을 토했다.

"으아아악!"

사내는 멈추지 않고 약지와 중지까지 꺾어 버렸다.

청년이 침을 튀겨 가며 비명을 지르다 고개를 푹 숙였다.

"얼씨구, 이젠 죽은 척까지 하는군. 아무래도 저놈이 아직 상황 파악이 안 된 모양이다."

거한은 모닥불에 꽂혀 있던 꼬챙이를 뽑았다.

날카로운 끄트머리가 발갛게 달아올라 있었다.

성큼성큼 다가가 청년의 머리채를 잡아당겼다.

시뻘건 꼬챙이 끝이 청년의 왼쪽 눈을 향해 다가갔다.

"눈알 하나만 있어도 볼 건 다 보지?"

"아, 안 돼!"

"그러니까 말하라니까. 구용단의 비밀 자금이 모셔져 있다는 동혈 말이야. 그곳을 아는 건 구용단 본인을 제외하면 셋이 안 된다던데. 우리가 알아낸 바로는 그중에 아직껏 숨붙이고 있는 놈은 너 하나뿐이거든."

"나, 난 정말 모릅니다. 모른다고요. 일개 회계원 따위가 대체 무엇을 알겠습니까?"

"하. 이런 개새끼가."

거한의 눈빛이 싸늘하게 식었다.

"사람 눈알은 먹어 본 적 없지? 이걸로 노릇하게 구워서 입에 처박아 줄게."

"으, 으아아!"

청년이 온몸을 뒤틀어댔다.

곤죽이 된 몸이라고는 생각하기 어려울 정도로 격렬하게.

그러나 장정 셋을 당해내기는 역부족이었다.

꼬챙이 끝이 안구를 쑤시려기 직전이었다.

시커먼 그림자가 그들을 훑고 지나갔다.

청년을 붙들고 있던 사내들은 잠시 동안 무슨 일이 벌어진 건지 이해하지 못했다.

그것은 거한도 마찬가지였다.

그는 하나뿐인 눈을 껌뻑거렸다.

조금 전까지 들고 있던 꼬챙이가 온데간데없이 사라진 뒤였다.

돌연 두 사내의 입이 쩍 벌어졌다.

"혀, 형님!"

"으, 으아아아!"

거한은 그들이 대체 왜 저러나 싶었다.

시선을 내리니 청년조차도 하얗게 질려서는 자신을 쳐다보고 있었다.

어처구니가 없어서 하나뿐인 눈을 깜빡이던 거한은 이내 한 가지를 떠올렸다.

'내 눈이 하나뿐이었던가?'

아니다.

그제야 왼쪽 눈이 이상하다는 게 느껴졌다.

무언가 묵직한 것이 눈을 꽉 쥐고 있는 것만 같았다.

그게 꼬챙이임을 깨닫는 데엔 촌각도 걸리지 않았다.

"어? 어어어?"

뒤늦게 불에 덴 듯한 격통이 찾아왔다.

거한은 뇌수가 불타는 감각에 단말마의 비명을 토했다.

"우아아아악!"

꼬챙이의 끝부분은 안구를 완전히 녹여 버린 뒤였다.

녹아 버린 부위가 꼬챙이와 결합되면서 엄청난 고통을 만들어냈다.

그대로 뽑았다간 힘줄까지 딸려 나올 것이다.

어쩌면 그 너머에 있는 것까지도.

공포와 고통이 거한의 머리를 두들겼다.

그가 할 수 있는 거라고는 그저 처절한 비명을 쏟아내는 것뿐이었다.

"으아아, 으아아악!"

그 순간 검은색 돌풍이 몰아쳤다.

그들로서는 그렇게밖에 표현할 수 없었다.

눈으로 쫓기 힘드니 남는 것은 잔영뿐인데, 그것조차 온통 칠흑색이었다.

파팍!

뜨거운 무언가가 사내들의 오른쪽 팔꿈치로부터 솟구쳐 올랐다.

잘려 나간 팔의 단면에서 뿜어져 나오는 핏물이었다.

"으아악!"

"끄아아악!"

사내들이 온몸을 꿈틀대며 땅을 뒹굴었다.

그들도 암흑가에서 칼밥깨나 먹은 무인들이었지만 이 정도의 무력감을 느낀 것은 난생처음이었다.

청년은 온몸을 바들바들 떨었다.

귀신이 나타난 게 아니라면 미치광이 검귀의 짓이리라.

저들이 당했으니 아마도 그다음은 자신일 것이다.

그런 생각이 드니 청년으로선 차라리 죽고 싶을 지경이

었다.

돌풍은 더 이상 몰아치지 않았다.

청년은 힘겹게 상체를 일으켰다.

모닥불 너머, 온몸을 흑의로 감싼 사내가 서 있었다.

"사, 살려 주시오. 부탁이니 제발……."

거한은 연신 고개를 조아리며 목숨을 구걸했다.

정체불명의 흑의인이 무자비한 초고수라는 것을 체감한 것이리라.

눈을 꿰뚫은 꼬챙이는 뽑을 엄두조차 내지 못했다.

한쪽 팔이 잘려 나간 사내들도 사정은 비슷했다.

흑의인은 성큼성큼 다가왔다.

그리고 거한의 눈에 꽂힌 꼬챙이 끝을 발로 밀었다.

천천히, 그러나 확실히 힘을 가해.

"컥. 커어억. 어억……."

입을 쩍 벌린 채 기괴한 신음을 토하던 거한의 몸이 바르르 떨리는가 싶더니, 그대로 축 늘어졌다.

꼬챙이 끝은 뒤통수를 뚫고 나와 있었다.

실로 무자비한 손속.

거한 일당에게 치가 떨리도록 당한 청년이었지만, 이 순간 그가 느끼는 감정은 통쾌함이 아닌 절대적인 공포였다.

하물며 사내들이라면 말할 게 무어겠는가.

흑의인의 시선이 그들에게 향했다.

복면 위로 스산하게 빛나는 눈빛.

사내들은 이빨을 딱딱 부딪치며 목숨을 구걸했다.

"사, 살려주십시오!"

"뭐든지 하겠습니다. 제, 제발 목숨만은 살려 주십시오!"

물끄러미 그들을 바라보던 흑의인이 청년을 돌아봤다.

"제갈윤, 맞나?"

"……예?"

청년은 그게 자기 이름이란 것조차 한동안 깨닫지 못했다.

"마, 마, 맞습니다! 제가 바로 제갈윤입니다."

"그렇군. 일어설 수 있나?"

"무, 물론입니다!"

제갈윤이 팔다리를 버둥거렸다.

일어나기 위해 안간힘을 썼지만, 손가락이 세 개나 골절당한 몸으로는 쉽지 않은 일이었다.

"됐다. 부축해 주지."

제갈윤은 잠깐이지만 어처구니없는 기분을 느꼈다.

지금 저 악귀 같은 자가 자신을 부축해 주겠다고 말한 건가?

흑의인의 시선이 사내들에게 향했다.

그들은 피가 흐르는 부위를 부여잡고는 부들부들 떨고 있었다.

"살아남는 쪽은 하나뿐이다."

"……예?"

흑의인은 다시 말하지 않았다.

그저 자세를 낮추어 제갈윤을 부축할 뿐이었다.

사내들은 멍하니 그 모습을 보았다.

기습한다는 생각 따위는 엄두도 내지 못했다.

상대는 그런 게 통할 리 없는 초고수였다.

"해라."

지극히 짧은 데다 불명확하기까지 한 명령이었다.

그러나 두 사내는 그 말이 의미하는 바를 본능적으로 깨달았다.

살아남는 쪽은 하나뿐이다!

"크!"

"이익!"

두 사내는 거의 동시에 서로에게 달려들었다.

가장 기본적인 본능에 따른, 살기 위한 행동이었다.

한데 엉켜 뒹구는 그 모습은 사람이 아닌 투견의 그것이었다.

각각 한 팔씩이 잘려 나가서는 피를 쏟아내면서도, 어떻게든 살아남고자 서로를 죽이려 하고 있었다.

팔 한쪽씩이 없다 보니 자연히 다른 부위를 쓰게 되었다.

잠시 후 그들은 마치 사냥개처럼 서로를 물어뜯기 시작했다.

마치 인간이 한순간에 퇴화해 버린 듯한 모습이었다.

흑의인의 한마디가 저들을 저렇게 만든 것이다.

그럼에도 그 당사자인 흑의인은 기다리지 않고서 걸음을 옮기고 있었다.

그의 어깨에 반쯤 걸쳐진 제갈윤은 흑의인을 따라 그대로 끌려갔다.

"결과를… 확인하지 않으십니까?"

어디서 그런 용기가 났는지는 모르겠다.

제갈윤이 깨달았을 때는 이미 입에서 질문이 흘러나온 뒤였다.

"보지 않아도 결과가 어떨지는 알 수 있지."

흑의인이 대답했다. 이제 보니 의외로 침착하고 정중한 목소리였다.

"알 수 있다고요?"

"살아남는 자는 없을 거다."

흑의인의 대답에는 한 치의 흔들림도 없었다.

그리고 제갈윤은 왠지 그 말이 사실일 것 같았다.

*　　　*　　　*

제갈윤은 열흘 밤낮을 내리 앓았다.

구타의 강도 자체도 엄청났거니와 정신적으로도 너무나 혹사당해 있었다.

그 혹사의 원인은 물론 흑의인이었고 말이다.

그날 제갈윤은 평생 느꼈던 그 어떤 감정조차 뛰어넘는 공포를 느꼈다.

살기 위해 서로를 물어뜯어대는 두 인간.

단 한마디로 그들을 그렇게 만들어 버린 절대강자.

그 앞에서 그저 미물이나 다름없었던 자신…….

열흘째 되는 날에 겨우 눈을 뜰 수 있었다.

한껏 초췌해진 제갈윤의 눈에 가장 먼저 들어온 것은 익숙한 얼굴이었다.

"유 소저……."

"오랜만이에요, 공자."

"공자라니, 당치도 않은 소리입니다. 그런데 대체 여기는 어디입니까?"

"안전한 곳이니 염려하지 말아요. 그보다 몸은 좀 괜찮으세요?"

"다행히 당장 죽을 것 같지는 않습니다."

"재미없는 농담을 하는 것을 보니 괜찮은 모양이군요."

제갈윤의 시선이 옆으로 미끄러졌다.

낯선 사내가 유화란의 옆에 있었다.

"누구……?"

"구면인 걸로 알고 있는데."

펄럭!

덮고 있던 이불이 허공으로 치솟았다.

다음 순간, 제갈윤은 침상의 끄트머리까지 물러나 있었다.

벽면에 손을 짚은 채 숨을 헐떡였다.

충혈된 두 눈이 사내의 얼굴을 어지러이 훑었다.

유화란이 멍하니 입을 벌린 채 그 모습을 쳐다봤다.

"대체… 뭘 어떻게 했기에 저러는 거예요?"

"말했잖소. 압도적인 힘을 각인시키려면 어쩔 수 없었다고."

분명 그 목소리였다.

칠흑색 돌풍을 몰고 왔던 사내.

무자비한 공포로써 세 사람을 죽음으로 몰아넣었던 자.

그때 그 흑의인이었다.

"……."

다친 동물처럼 떨고 있는 제갈윤을 보며 현월은 이맛살을 찌푸렸다.

오랜만의 살행인지라 살기를 제어하지 않았는데, 그 때문에 생겨난 공포가 제법 깊숙하게 각인된 모양이었다.

아마 당분간은 현월의 그림자만 보아도 오줌을 지리겠지.

제갈윤에겐 안 된 일이었지만, 현월의 계획이 성공하고 있다는 의미이기도 했다.

지난 열흘 동안, 현월은 밤마다 흑의를 몸에 두른 채 여남의 거리를 거닐었다.

그리고 눈에 띄는 흑도인이 있다면 그 소속을 막론하고 모조리 박살 내버렸다.

물론 웬만해서는 목숨을 거두지 않았다.

제갈윤의 경우야 놈들이 워낙 악랄했기에 살수를 쓴 것이었다.

실질적인 목표가 암제의 존재를 각인시키는 것인 이상, 쓸데없이 시체를 늘릴 필요가 없었다.

그러지 않더라도 공포는 충분히 각인시킬 수 있는 것이다.

현월은 동시에 풍문 하나를 거리로 흘려보냈다.

흑의인은 암제라고 불리는 자이며, 여남의 흑도를 지배하기 위해 나타난 것이라고.

그 효과는 확실했다.

풍문은 눈덩이처럼 빠르게 불어나 여남 전역을 휩쓸었다.

이 정도면 꽤나 순조롭다고 할 수 있을 터였다.

그리고 이제 남은 것은 암제에 의해 운영되는 방파를 창설하는 것.

그러기 위해선 계산이 빠르고 말귀를 잘 알아듣는 자가 필요했다.

실질적으로 방파를 운영할 수 있는 두뇌 말이다.

그에 맞추어 유화란은 제갈윤을 소개한 것이었다.

'제갈세가의 삼남. 도박에 미쳐 아버지로부터 파문당한 후 여남의 암흑가로 흘러들었다. 은호방주가 그 능력을 중용하여 자신과 은호방의 재산 관리를 일임했다.'

현월은 유화란의 설명을 머릿속으로 되뇌었다.

제갈세가 출신이라는 점보다도, 그 교활한 구용단이 신임했다는 점이 마음에 들었다.

인성이야 어떻든 능력만은 확실하다는 의미니까.

유화란이 제갈윤을 진정시켰다.

"진정하세요, 공자님. 당신을 해칠 마음 같은 건 없어요."

"절 공자라 부르지 말아 주십시오."

"그러죠, 제갈 소협. 어쨌든 더 이상 겁먹지 않아도 돼요."

제갈윤은 말도 안 된다는 표정을 했다.

공포의 근원이 눈앞에 있거늘 어찌 겁을 먹지 말란 말인가?

그때 잠자코 있던 현월이 말했다.

"죽이지 않는다. 겁먹지 마라."

"마, 말을 그렇게 해봤자……."

"겁먹는 꼬락서니를 보였다간 죽여 버리겠다."

"……."

제갈윤이 망치로 한 대 맞은 얼굴을 했다.

진퇴양난이란 이런 것을 두고 하는 말일 것이다.

"푸훗."

유화란이 실소를 터트렸다.

제갈윤은 다시 한 번 그녀에게 경악했다.

대체 어떤 간담을 지녔기에 저자 앞에서 웃을 수 있단 말인가?

현월은 웃음기 없는 얼굴로 물었다.

"알겠나?"

"……예."

제갈윤이 다소곳이 대답했다.

까라는데 까야지, 별수 있겠는가.

"간단히 설명할 테니 잘 듣도록."

현월은 자신의 계획을 제갈윤에게 설명했다.

그제야 제갈윤은 그가 바로 소문의 주인공, 현검문주의 장자라는 것을 알게 되었다.

'현검문의 장자가 악귀조차 울고 갈 나찰 중의 나찰이었다니.'

언젠가 들었던 이야기와는 너무나 달랐다.

제갈윤이 알기로 현검문의 장자는 유약하고 부드러운 성격이었던 것이다.

현실은 아니었다.

"이해했나?"

설명을 마친 현월이 물었다.

제갈윤은 황급히 고개를 끄덕였다.

"그럼 제가 해야 할 일은 무엇입니까?"

"간단하다. 배후에서 암흑가를 조율하면 된다. 술과 도박으로 인생을 낭비하는 것들에게서 돈을 뽑아내고, 여남의 밝은 곳으로 빠져나가려는 흑도 놈들을 붙들어 두고, 적당량의 뇌물을 관부에 갖다 바쳐서 상호불가침의 경계를 만들고, 굶주린 문파들이 쓸데없는 짓을 벌이지 않게끔 뒷돈을 가져다 바치면 된다. 그리고 이 모든 것이 정상적으로 유지되게끔 관리하면 된다."

"……."

"인재나 일손이 필요하다면 지원하겠다. 자금 역시 지원할 것이니 그 부분에 대해서는 걱정하지 않아도 된다."

"그, 그렇군요."

"뭐 궁금한 거라도 있나?"

제갈윤은 용기를 냈다.

어쨌든 겁먹은 모습을 보였다간 죽을 수도 있으니 일부러라도 당당한 척을 할 필요가 있었다.

"그럼으로써 제가 얻을 수 있는 게 뭡니까?"

제갈윤은 질문을 던지고 나서 살짝 후회했다.

기껏해야 목숨 정도는 살려 주겠노란 말이 나오리라 생각했던 것이다.

그러나 현월의 대답은 보다 현실적이었다.

"주급으로 금화 열 냥을 주지. 암흑가를 운영함에 있어 부수적인 수입이 발생할 경우엔 그중 일 할을 떼어 주겠다."

"……예?"

"이해하지 못했나?"

"아뇨, 아닙니다."

제갈윤은 황급히 손을 내저었다.

솔직히 이렇게까지 성의 있는 대답을 바란 것은 아니었다.

그런 데다가 그 내역을 보니 꽤나 극진한 조건이 아닌가.

'대체 이자는 뭐하는 작자지?'

볼수록 현월이란 존재를 이해할 수가 없는 제갈윤이었다.

그날 보여줬던 것처럼 공포로써 짓눌러 버리면 될 텐데도, 현월은 오히려 그를 한 사람의 인격으로 대우해 주고 있었다.

예상을 웃도는 것은 물론이요, 이 정도면 은호방주보다도 극진한 대우라고 할 수 있었다.

제갈윤은 멍한 눈으로 유화란을 돌아봤다.

그녀는 뭐가 그리 재미있는지 희미한 미소를 짓고 있었다.

"질문 하나만 더 해도 되겠습니까?"

"좋을 대로."

"왜 굳이 정체를 숨기려는 것입니까? 다른 정파인들과 달리 가식과 허례에 얽매인 분은 아닌 것 같은데요."

"제갈세가 사람이 그렇게 말하다니 놀랍군."

"저는 더 이상 그곳에 속해 있지 않습니다."

"절연했나?"

"아버지께 시원하게 쫓겨났지요. 아마 제 호적을 파내고도 후회 한 번 하지 않으셨을 겁니다."

"그렇군."

현월이 피식 웃었다.

제갈윤이 다시금 충격을 받았음은 물론이었다.

"미안하지만 그 질문엔 대답하지 않겠다. 굳이 설명할 필요도 없을 듯하고."

"그렇… 습니까?"

"더 물을 게 없다면 돌아가겠다. 몸조리 잘하도록."

현월은 홀연히 방을 떠났다.

제갈윤은 그제야 몸 곳곳이 쑤시는 것을 알고는 침상에 드러누웠다.

유화란이 그의 몸에 이불을 덮어 주었다.

제갈윤은 천장을 응시한 채로 그녀에게 물었다.

"대체 저자와 어떻게 알게 되었습니까?"

"우연히. 그렇게밖에는 대답할 수가 없군요."

"그럼 설마 구용단을 해치운 것도……?"

"그래요."

제갈윤은 묵직한 한숨을 토했다.

기실 진짜배기라 할 수 있는 자는 구용단보다 그 정체불명의 고수였지만, 유화란의 태도를 봐서는 그자 역시 현월이 처리한 듯했다.

'말도 안 될 정도의 괴물이로군.'

걸려도 단단히 잘못 걸렸다는 생각이 들었다.

저런 자가 마음만 먹는다면 여남 따위가 문제일까.

어쩌면 하남성의 패권을 차지하는 것도 문제가 안 될 것이다.

그때 유화란이 지나가는 투로 말했다.

"저 사람, 재미있는 사람이죠?"

"재미… 라고요? 이런 재미 두 번 겪었다간 뼈도 추리지 못할 겁니다."

제갈윤이 몸서리를 치며 대답했다.

10장

선언

제갈윤이 부상에서 어느 정도 회복되자 현월은 그를 사룡방주의 초옥으로 이동시켰다.

제갈윤은 그곳에서 신세력의 구상안에 착수했다.

현월이 바라는 바가 비교적 명확했기에 시안을 짜는 것은 그리 어렵지 않았다.

정말 중요한 것은 이게 과연 실현 가능성이 있느냐 하는 것이었지만.

'그 괴물 같은 작자라면 어떻게든 하겠지.'

제갈윤은 에라 모르겠다는 심정으로 구상안을 마구 휘갈

졌다.
불가능한 부분이 있다면 어차피 현월이 알아서 쳐낼 것이었다.
현월도 그것을 알기에 당분간은 제갈윤에게 신경을 끄기로 했다.
준비가 끝난다면 그쪽에서 먼저 찾아올 터였다.
유화란에게는 암흑가 내에서 인재를 찾는 일을 맡겼다.
그나마 인맥과 정보망 비슷한 것이라도 있는 사람이 그녀뿐이었던 까닭이다.
유화란도 부탁을 받아들이긴 했지만 큰 기대는 말라고 못을 박았다.
어쨌든 대강의 준비는 마쳤다고 할 수 있었다.
그 과정이 끝나니 현월로서도 일단 숨통 정도는 트이는 기분이었다.
그간 현월이 겪고 있던 문제점은 그 자신의 정체성에 있었다.
현검문의 현월로서 혈교천하에 맞선다면 현검문이 위험해진다.
그렇다고 혼자서만 맞서려 든다면 개죽음만 당할 터였다.
이십 년 후의 미래에서 경험했었던 것처럼 말이다.

때문에 기발한 방법이 필요했다.

현검문에 누가 되지 않는 선에서 혈교에 대항할 세력을 구축할 방법이 말이다.

현월은 그 답을 암흑가에서 찾기로 한 것이다.

물론 여남의 치안을 회복시키는 것도 한 가지 이유이긴 했지만.

'겸사겸사… 라고 해야겠지.'

암흑가는 일시적으로 평온을 되찾았다.

암제라는 정체불명의 고수로 인한 공포가 거리 구석에까지 뿌리를 내린 덕이었다.

암제라는 이름은 당장은 그저 공포의 대상에 지나지 않았다.

그러나 지금 계획 중인 일들의 윤곽이 잡힌다면, 훗날 혈교의 도래에 맞설 새로운 세력이 될 수 있을 것이다.

'지금으로썬 그렇게 믿는 수밖에.'

* * *

현월은 반파된 건물 사이를 거닐었다.

"……."

은호방의 장원.

그중에서도 방주실이 위치한 본당이었다.
두어 달 전만 해도 부귀와 영화의 온상이었을 그곳은 이제 폐가나 다름없는 몰골이 되어 있었다.
은호방주가 죽은 이후.
살아남은 은호방의 잔당들은 이곳 장원에서 일대결전을 벌였다.
거창한 이유가 있는 것은 아니었다.
결국은 남아 있는 재물들을 더 많이 취하기 위한 싸움이었으니까.
그래도 전투 자체는 치열했다.
은호방이 망하게 됐으니 마지막으로 한몫 단단히 챙기자는 심리가 컸을 것이다.
살아서 걸어 나간 자들보다도 죽어서 실려 나간 자가 많은 전투였다.
운이 좋아 살아남은 이들도 대부분 중상이었다.
그 와중에 은호방의 장원은 철저하게 파괴당했다.
그리고 이제는 을씨년스러운 폐허가 되어 현월을 맞이하고 있었다.
현월은 지난 한 달 동안 매일같이 이곳을 찾아왔었다.
남아 있는 거라고는 분주히 오가는 쥐새끼들뿐이었지만 현월은 딱히 개의치 않았다.

그리고 오늘.

현월은 방주실의 창가에 앉아 있는 전서구를 보고는 미소 지었다.

한 달 동안 기다린 것은 이 녀석이었던 것이다.

"때가 됐군."

* * *

"흐음……."

통천각 부각주 관수원은 주름진 미간을 한껏 좁혔다.

전서구가 가지고 돌아온 서신에는 짤막한 네 글자만이 적혀 있을 따름이었다.

혈마천세(血魔天世).

혈교도라면 누구나 알고 있을 네 글자였다.

언젠가는 핏빛으로 물든 하늘을 향해 울부짖으리라 다짐하고 또 다짐했을 글귀였다.

그럼에도 관수원은 의구심을 느끼지 않을 수가 없었다.

'혈공은 왜 이 네 글자만을 적어 보낸 것인가?

더군다나 글귀는 피로 쓰여 있었다.

문자 그대로 혈서였던 것이다.

서에 피가 번졌기 때문인지 필체가 상당 부분 뭉개져 있었다.

이는 혈서를 작성할 때 으레 일어나는 일이었지만, 관수원은 여전히 의문을 느꼈다.

마치 일부러 혈서를 택한 것 같았기 때문이다.

'필체를 알아보지 못하게 하려고? 그게 아니면 그저 젊은 혈기의 발현일까?'

혈공은 젊다.

다혈질적인 면도 약간 있는 데다가 자기 실력에 대한 자부심도 컸다.

그런 데다 혈교에 대한 충성심 역시 강했다.

보고서 대신 해치운 적의 귀나 손가락 등을 잘라 보낸 적도 여러 번이었다.

혈서쯤은 귀엽게 봐줄 수 있을 지경이었던 것이다.

평소라면 그냥 웃어 넘겼을지도 모른다.

'그러나…….'

역시 뭔가 껄끄러웠다.

감성보다는 이성에 주로 의지하는 관수원이었지만, 이번만큼은 느낌이 영 좋지 않았다.

그뿐만이 아니었다.

바람결에 실려온 풍문에 의하면, 죽은 것은 사룡방주뿐만이 아니라고 했다.

은호방주 역시 목숨을 잃었다는 것이다.

이는 혈교에서 의도한 바가 결코 아니었다.

어디까지나 은호방을 궤멸시키는 것은 현검문의 몫이었기 때문이다.

실제로 현검문이 은호방을 궤멸시키기는 했다.

그러나 그것은 현무량을 충분히 구워삶은 후의 일이어야 했다.

관수원은 두 가지 가설을 생각했다.

하나는 예기치 못한 변수로 인해 은호방주가 죽고 만 경우였다.

그렇다면 혈공으로선 현검문을 어떻게든 움직여야 했으리라.

어쨌든 흑도 무리를 해치우고 여남제일문이 되는 것은 현검문의 몫이었으니까.

'그리고 또 다른 하나는…….'

혈공의 신상에 문제가 생긴 경우였다.

그것만큼은 정말 믿기 힘들었다.

혈공은 혈교 내 서열 십 위의 강자.

나이를 감안하면 그 또래에서 적수를 찾기 힘든 고수였던 것이다.

그런 그가 이깟 여남의 무인에게 당했다고? 그건 정말 믿기 힘든 일이었다.

만에 하나 그렇다 해도 놈이 어찌 혈마천세의 네 글자를 알고 있겠는가 말이다.

'그렇다. 그것이야말로 말이 안 되는 일이지.'

본디 혈교의 무리가 기치로 내걸었던 것은 혈천도래(血天到來)의 네 글자였다.

그러나 무림맹에 의해 궤멸에 가까운 타격을 입은 이래, 혈천도래의 네 글자는 한동안 빛을 보지 못했다.

그리고 마침내 그들이 다시 일어섰을 때, 새로이 부르짖기로 약조한 네 글자가 바로 혈마천세였다.

다시 말해 혈교인이 아니고서야 저 네 글자를 알 수가 없다는 의미였다.

극한의 고문이 가해진다 한들 혈공이 입을 열 사내도 아니었고 말이다.

애초에 누군가가 그를 제압할 수 있다는 것부터가 상상이 되지 않는 일이었다.

혈교 최고위의 강자들이라면 모를까.

정파나 사파의 무인 따위에겐 결단코 불가능한 일이었다.

그나마 다행한 것은 또 다른 풍문이었다.

요 근래에 여남의 암흑가에 새로이 나타난 강자가 있었다.

사람들은 경외심을 담아 암제라는 이름으로 그를 부른다고 했다.

관수원은 그 암제가 바로 혈공일 거라고 생각했다.

현검문에 혈교의 손길을 뻗치려면 그만한 명분이 필요할 테니, 암제라는 적을 만들어 그걸 해소하기로 한 것이 분명했다.

'혈공치고는 제법 머리를 썼단 말이지.'

다만 마음에 걸리는 것은 그 이름이었다.

'암제라니. 이래서야 마치 암황을 의식한 것만 같지 않은가.'

어휘의 뜻을 따져 봤을 땐 암제라는 이름은 암황과 동렬이라 하기에 충분했다.

하나 뼛속까지 혈교도인 그로서는 다소 입맛이 쓸 수밖에 없었다.

'어쩔 수 없는 일이지. 혈공이 직접 지은 것도 아니고, 여남의 머저리들이 제멋대로 지어다 붙인 이름이니까.'

관수원은 그 정도에서 생각을 접기로 했다.

그가 타고 있는 마차가 이제 여남을 접어들고 있었다.

이미 여기까지 와 버린 뒤였다.

이제 와서 약간의 이질감만으로 고민에 잠기기엔 너무 늦었다.

'어차피 곧 혈공을 만나게 될 테니, 그때 확인하더라도 늦지는 않겠지.'

*　　*　　*

관수원은 그날 바로 현검문에 들렀다.

"어서 오시구려, 부각주! 이 현 모, 부각주께서 오시기만을 손꼽아 기다렸다오."

"환대에 감사드리외다."

"하하. 지우가 찾아왔는데 이쯤이야 당연한 것 아니겠소?"

현무량은 지나치다고 느껴질 정도로 밝은 낯을 하고선 관수원을 맞았다.

지우라는 표현까지 쓸 정도였다.

그가 관수원에게 가진 호의가 어느 정도인지 짐작이 갔다.

현무량의 환대는 거기서 끝나지 않았다.

수랏상이 부럽지 않을 진수성찬이 대령됐던 것이다.

그것을 확인하고 나니 관수원도 비로소 흡족한 표정을 지었다.

'세뇌고(洗腦蠱)는 여전히 제대로 기능하고 있는 모양이군.'

혹시나 하여 현무량의 체내를 살핀 관수원이 미소를 지었다.

'역시 그렇군.'

그를 비롯한 혈교의 장로들은 혈교 내에서도 서열 바깥에 존재했다.

그 무위는 비록 최상위권 무인들에 비하면 모자란 감이 있었다.

하지만 대신 그들에겐 특별한 능력들이 하나씩 있었다.

그중 관수원의 비술은 바로 고독(蠱毒)에 관한 것이었다.

그중에서도 그가 주로 내세우는 것이 바로 세뇌고였다.

세뇌고는 보통 음식 사이에 섞여서 섭취된다.

그리하여 한 번 체내에 자리 잡게 되면 별다른 조치 없이도 삼 년 동안은 소화되거나 녹아내리지 않았다.

평소에는 아무런 변화가 없다.

그러다가 관수원이 특수한 기운을 발하게 되면 그의 명령만을 따르는 꼭두각시로 돌변한다.

또한 부수적인 효과로서 세뇌고의 주인인 관수원에게 무조건적인 호감을 느끼는 효능이 있었다.

혈교가 무림맹 내에 침투하는 데엔 이 세뇌고가 독보적인 활약을 했다.

실제로 표면적으로는 그의 상관인 통천각주 무단걸 역시 세뇌고의 노예였다.

실질적으로 무림맹의 모든 정보를 총괄하는 이는 관수원이라고 할 수 있었다.

'남궁월 그 작자에게도 통했다면 좋았을 것을. 하지만 무공의 격차가 압도적이니 어쩔 수 없지.'

세뇌고가 누구에게나 통했던들 혈교는 이미 옛적에 중원을 일통했을 것이다.

무림맹주 남궁월과 같은 초고수들에게 통하지 않는 데다, 그 숫자가 한정되어 있다는 게 약점이라면 약점이었다.

최대한 유지할 수 있는 세뇌고의 숫자는 열 개.

지금으로써는 아홉 개를 유지 중인 관수원이었다.

관수원은 그 세뇌고를 현무량의 몸속에 심어 놓았다.

현무량은 아마 자기가 무엇을 삼켰는지 꿈에도 모를 터였다.

"음식은 좀 입맛에 맞으신지 모르겠습니다."

현무량이 만면에 미소를 띤 채 물었다.

관수원은 내심 냉소를 지었다.

그가 만든 것이긴 하나, 세뇌고의 노예가 된 이들의 표정은 어쩜 이리도 우스꽝스러운지 모를 일이었다.

표정만 봐서는 자기 마누라라도 내줄 듯했다.

'한번 시험해 볼까?'

듣기로 현무량의 아내가 상당한 미인이라 했다.

스치듯 지나가며 얼굴을 대했던 딸이 제법 반반한 것을 보면 어미 역시 틀림없는 미색이리라.

관수원은 내심 음심이 치솟는 것을 느꼈다.

그러고 보면 요 근래엔 계집을 상대로 별다른 자극을 얻지 못했었다.

남의 아내를 가로채는 거라면 색다른 맛이 있을 것도 같았다.

방법이야 간단하다.

세뇌고를 발동시키고 명령 한마디만 하면 끝이다.

아마 현무량은 지극한 황홀감을 느끼면서 관수원의 뜻대로 움직일 것이다.

마누라를 두들겨 패서라도 관수원에게 가져다 바치려 할 터.

무림 명숙으로 이름 높은 그가 망가지는 모습도 제법 재밋거리일 것 같기는 했으나…….

'아직은 때가 아니지.'

관수원은 속으로 아쉬움을 달랬다.

개인적인 욕심보다도 중요한 것은 혈교의 재건.

쓸데없는 짓을 해서 거사를 망칠 수는 없는 일이었다.

그는 음심을 한구석으로 치우고서 대답했다.

"음식 하나하나에서 부인의 정성이 느껴지는 듯합니다. 오랜만에 진정으로 만족스러운 식사를 했습니다."

"허허, 그렇습니까? 입맛에 맞으신 것 같아 참으로 다행입니다."

"오늘 이렇게 초대해 주셔서 감사할 따름이지요."

"아닙니다. 부각주를 모신 것은 오히려 이 현무량의 영광이외다."

관수원은 피식피식 웃었다.

누가 봐도 명백한 비웃음이었다.

하지만 지금의 현무량에겐 자애롭고 부드러운 미소로 비칠 터였다.

"굉장한 미녀를 따님으로 두셨다고 들었습니다."

"허허, 부끄럽습니다. 제법 예쁘장하다는 얘기는 여기저기서 자주 듣는데, 저에게 있어서는 그저 말괄량이일 뿐입니다."

"혹 실례가 되지 않는다면 이 자리에 합석시킬 수 있을는지요?"

듣기에 따라 불쾌할 수도 있는 제안이었다.

아니, 정상적인 아비라면 충분히 희롱이라고 느낄 수 있는 말이었다.

그러나 관수원은 개의치 않았다.

세뇌고가 심어져 있는 이상, 다소간의 무례한 말쯤은 알아서 여과되어 받아들여졌다.

그런데 현무량의 표정이 살짝 경직되는 것이었다.

"죄송하지만 그것은 좀 힘들겠습니다."

"……!"

관수원은 흠칫 놀랐다.

'놈의 무위를 감안했을 때 세뇌고의 작용을 벗어날 수 없을 것인데?'

하마터면 세뇌고를 그대로 발동시킬 뻔했다.

그러나 애써 참았다.

아직은 세뇌고를 발동시킬 때가 아니었다.

"……이거, 제가 실언을 했군요. 죄송합니다."

"괜찮습니다. 취기가 제법 올랐을 테니 말이 잘못 나올 수도 있겠지요."

"으음. 그렇겠지요."

맞장구를 치면서도 관수원은 속으로 이를 갈았다.

'두고 보자. 후에 네놈이 지켜보는 앞에서 딸과 어미를 맛봐줄 테니.'

*　　*　　*

어둠이 깊이 내렸을 때, 관수원은 홀연히 장원을 벗어났다.

혈공과 약조한 날짜는 내일이었지만 시간이야 언제든 변경 가능한 것이었다.

현무량에게 예상치 못한 굴욕을 당한 그로서는 모든 것을 앞당기고만 싶을 따름이었다.

약속 장소인 은호방의 장원은 폐허가 되어 있었다.

그래도 관수원은 개의치 않았다.

폐허가 되었든 새 건물이 들어섰든 바뀌는 것은 없었던 것이다.

"……."

성큼성큼 안으로 들어선 그는 방주실로 보이는 곳으로 걸어갔다.

문지방이 있던 자리를 넘어선 그가 걸음을 멈췄다.

달빛을 받아 그림자가 길게 늘어진 곳이 있었다.

그곳에서 미세한 기척이 느껴졌다.

"혈공인가?"

"……그렇소."

목소리가 한껏 갈라져 있었다.

지독한 목감기에 걸렸을 때나 날 법한 목소리였다.

"목소리가 왜 그렇지?"

"방심했다가 목을 다쳤소. 나찰혈괴장을 너무 맹신한 게 실수였소."

관수원은 안도감과 이질감을 동시에 느꼈다.

다혈질이긴 해도 방심과는 거리가 먼 혈공이었던 것이다.

그러나 나찰혈괴장을 알고 있다는 사실은 그가 혈공이란 증거로 충분했다.

설마 혈교도 외의 그 누가 나찰혈괴장에 대해 알겠는가 말이다.

"대체 어떻게 된 일이냐? 너답지 않게 실수를 하다니. 암제는 또 뭐란 말이냐?"

"궁여지책으로 내가 만들어낸 신분이오. 아시다시피 사룡방과 은호방이 공멸해 버렸잖소. 그러니 할 수 없이 현검문의 적이 될 자를 만들어야 했소."

거기까지는 관수원이 추측했던 바와 일치했다.

"구용단 그 머저리 놈은 대체 어쩌다가 죽어 자빠졌단 말이냐?”

혈공은 나직이 한숨을 뱉었다.

“사룡방주의 제자라는 계집이 문제였소.”

“사룡방주의 제자라고?”

“그렇소. 어떻게 수련한 것인지는 몰라도 짧은 기간 동안 일취월장하여 나타났더군.”

“…….”

“은호방주는 방심했다가 함정에 빠져 손 쓸 새도 없이 당하고 말았소. 내가 그 후에 계집을 처리하긴 했지만 이미 상황은 돌이킬 수 없게 된 뒤였소.”

“사룡방주의 제자 따위에게 구용단이 당했다고?”

“계집에겐 숨겨둔 절초가 있었소.”

혈공이 잠시 뜸을 들였다.

관수원은 그의 얼굴이 있을 법한 위치를 뚫어져라 쳐다봤다.

이윽고 그가 꺼낸 말은 충격적인 것이었다.

“소혼장에 대해 혹 알고 계시오?”

“소혼장!”

관수원이 몸을 바르르 떨었다.

그 이름을 어찌 모를 수가 있겠는가.

말단 혈교도들이라면 모르되, 장로급인 그들에게 있어선

모르려야 모를 수 없는 무공이 바로 소혼장이었다.

다름 아닌 그 암황의 무공이었으니 말이다.

천고의 암살공이라는 암천비류공.

그에 맞추어 암황이 직접 창제한 검권각장의 네 가지 무술.

그리고 그중에서도 최강의 장법이라 일컬어지는 것이 바로 소혼장이었다.

"그년이 소혼장을 써서 은호방주를 죽였단 말이더냐? 진짜 그것이 소혼장이었단 말이냐?"

"계집이 말하기로는 그렇더군. 직접 보지는 못했기에 확인하진 못했소만."

"계집에게 들었다고? 어떻게 말이냐?"

"예쁘장한 손가락을 하나씩 부러트리니 일곱 개쯤에서 다 실토하더구려."

"확인하지는 못했다고? 그년에게 펼쳐 보이게 하지 그랬느냐?"

"이미 그땐 기혈이 뒤틀린 뒤였소. 무리하게 내력을 끌어올렸기 때문인 것 같더군."

"으음……."

관수원은 침음을 삼켰다.

어느새 혈공에 대한 의혹은 뒷전으로 넘어간 상태였다.

그럴 수밖에 없는 게, 소혼장이 나타났다는 것은 실로 엄청난 사건이었던 것이다.

'암천비류공과 관련된 비급이 하나 더 존재했단 말인가?'

알려진 바로는 유일한 비급을 지닌 이는 일장로 유설태였다.

그리고 근래 십 년 동안 그는 어느 누구에게도 그 비급을 보여준 적이 없었다.

암천비류공은 특수한 체질을 지닌 자만이 익힐 수 있는 무공이다.

그 조건이 실로 까다로운 데다 성장마저 더뎠기에, 암황 이래 어느 누구도 그의 성취에 다다르지 못했다.

소혼장은 암천비류공의 내력이 있어야만 펼칠 수 있는 장법.

그것을 개조하여 여타 내공에 호응되게끔 만든 것이 나찰혈괴장이었다.

하지만 그 위력은 원조에 비할 바가 아니었다.

'그 계집이 정녕 소혼장을 익힌 거라면, 암천비류공 역시 익혔으리란 소리인데. 그러나 그게 정녕 가당키나 한 일인가?'

관수원은 머릿속이 한데 뒤엉키는 느낌이었다.

십수 년 뒤에 도래할 혈교천하의 교두보를 마련하고자 여남에 온 것이거늘, 생각지도 못한 사건과 맞닥뜨리고 말았다.

"아무래도 일장로께도 보고해야겠군. 네 말이 사실이라면 이는 좌시하고 넘어갈 일이 아니다."

"……."

"어쨌든 수고했다. 상황이 약간 꼬이긴 했지만 해결 가능한 범위 안이니 괜찮겠지. 그분께서도 너를 치하할 것이다."

"그분이라면, 군사 말씀이오?"

순간 관수원의 두 눈에서 불꽃이 튀었다.

"네놈은 대체 누구냐!"

찢어질 듯한 일갈.

관수원은 그에 그치지 않고 전방으로 쌍장을 떨쳤다.

파아앙!

강맹한 기운이 허공을 격하며 전방으로 쏟아졌다.

나찰혈괴장에도 뒤지지 않을 정도의 장강(掌罡)이었다.

그 순간 그림자 안에서 무언가가 번뜩였다.

팟!

섬전처럼 번뜩이는 그것은 한 줄기 검강이었다.

관수원조차도 눈으로 좇기 힘들 정도의 쾌속을 지닌 검강은, 쇄도해 들어오는 관수원의 장강을 절반으로 갈라 버렸다.

그 서슬에 두 줄기로 나뉜 강기가 엉뚱한 방향으로 날아갔다.

콰과광!

장원의 일부가 박살 나며 희뿌연 먼지를 허공에 흩뿌렸다.

그 와중에도 그림자 속의 신형은 미동조차 하지 않았다.

"이놈……!"

관수원은 살기 어린 눈으로 그림자를 노려봤다.

그때 그림자의 입이 달싹였다.

"어디서 눈치챈 거지?"

조금 전과 달리 전혀 갈라지지 않은 담담한 목소리였다.

결국 이 모든 게 그를 속이기 위한 함정이었다는 의미였다.

관수원의 등허리로 소름이 쫙 돋았다.

하나 경악스러움보다도 끓어오르는 분노가 더욱 강했다.

"혈교도끼리 있을 때 무림맹의 직함을 사용하지 않는 것은 철칙 중의 철칙! 혈공쯤 되는 이가 그런 간단한 실수를 할 리 없다. 네놈은 누구냐! 썩 모습을 보여라!"

"그렇군. 앞으로는 주의해야겠는걸."

신형 하나가 그림자 바깥으로 걸어 나왔다.

온몸을 흑의로 감싼 데다 눈을 제외한 부분은 복면으로 가리고 있었다.

마치 인간의 형상을 한 칠흑이 그 자리에 서 있는 것만 같았다.

"네놈은 대관절 누구기에 소혼장과 암천비류공에 대해 알고 있는 것이더냐?"

"그걸 말할 이유는 없지. 다만 한 가지는 대답해 줄 수 있겠군."

흑의인, 현월이 내쳐 말했다.

"혈공은 내 손에 죽었다."

"……!"

관수원은 두 눈을 부릅떴다.

대체 이놈은 어디서 나타난 놈이란 말인가?

"네, 네놈은 대체……."

그 순간 관수원의 머릿속을 스쳐 가는 이름이 있었다.

하남성 전역을 휘돌고 있는 소문.

여남의 암흑가에 군림하고 있다는 이름.

은호방주와 사룡방주가 사라진 거리를 단기간에 평정했다는 자.

그리고… 혈교 서열 십 위인 혈공을 죽인 자.

"암제……!"

"남에게서 듣는 것은 꽤나 오랜만이군."

푸화학!

현월의 몸으로부터 흑색 기운이 뿜어져 나왔다.

뿜어져 나온 기운은 구름처럼 넘실거리더니 이내 주변 공간에 녹아들었다.

사위의 어둠과 한데 어우러지는 듯한 모습.

그런 특색을 지닌 심공은 천하를 통틀어 하나뿐이었다.

"암천비류공!"

"그래. 너희에게서 전수받아 무림맹을 파멸로 이끌었던 무공이지."

현월은 스산한 목소리로 말했다.

"이젠 그 힘으로 혈교의 하늘을 죽일 것이다."

"감히 그따위 망발을!"

관수원은 더 참지 못하고 양팔을 좌우로 펼쳤다.

그의 두 손아귀에 시퍼런 강기가 맺혔다.

관수원은 그 자세를 유지한 채 측면으로 움직이기 시작했다.

현월도 가만히 있지는 않았다.

그 역시 측방으로 몸을 날리며 관수원의 걸음을 살폈다.

보법만큼 많은 정보를 가르쳐 주는 것도 없었다.

어느 쪽 발을 내딛는가.

어느 방향으로 얼마만큼 발을 딛는가.

그 모든 것이 상대방의 다음 수를 가르쳐 준다고 봐도 과언이 아니었다.

짧은 순간 현월은 관수원이 어떤 인물인지에 대해 파악했다.

그는 무척 신중한 성격이었다.

관수원은 노기를 숨기지 않으면서도 무턱대고 덤벼들지 않았다.

'놈은 혈공을 죽였다. 그것만큼은 분명해 보인다.'

달리 말하자면, 놈은 최소한 혈공과 동수를 이루는 실력자란 의미였다.

그리고 무위만 따진다면 혈공은 관수원을 넘어서는 고수였다.

더군다나 조금 전 놈이 일검을 떨쳐 그의 장강을 가르는 것까지 목도했다.

놈의 실력이 보통이 아니란 것은 그때 이미 확연히 깨우쳤다.

그렇다고 시간만 질질 끌 수는 없었다.

놈이 또 어떤 함정을 숨겨 두었을지 알 수 없는 일이었기 때문이다.

그때 현월이 공세에 나섰다.

파팟!

가볍게 찌르고 들어오는 검강이 두 줄기.

견제의 성격이 매우 강한 공격이었다.

관수원이 어찌 반응하는지 보려는 의도 같았다.

"흥!"

관수원은 장강이 어린 양손바닥을 휘저어 검강의 진로를 틀어 놓았다.

그가 혈공보다 약하다고는 하나 그다지 큰 격차가 나는 것은 아니었다.

풍부한 경험을 지녔다는 면에 있어서는 분명 혈공보다 낫다고 할 수 있었다.

현월도 그것을 알았기에 저돌적으로 나왔다.

관수원은 혀를 찼지만 월령보를 펼치는 현월을 쉽사리 떨쳐낼 수는 없었다.

결과적으로 펼쳐지게 된 것은 육박전이었다.

두 사람이 신형이 어둠속에서 겹쳐졌다.

주먹과 전각, 칼날과 손바닥이 어지러이 얽히며 연신 허공을 격했다.

일진일퇴의 공방이 이어졌다.

우위를 점하는 쪽은 현월이었지만 관수원도 그리 쉽사리 무너지지는 않았다.

실제로 그는 그다지 낭패감을 느끼고 있지는 않았다.

'과연 강하구나. 그러나 당장의 싸움만을 생각하는 네놈은 나를 당해낼 수 없다.'

싸우는 와중에도 관수원은 체내에서 고독 하나를 형성하고 있었다.

이 고독은 그가 자랑하는 최고의 걸작 중 하나였다.

모든 고독을 통틀어 가장 작은 크기를 지녔으며 호흡만으로 상대방의 몸속에 침투할 수 있었다.

이는 일찍이 어느 누구도 만들어내지 못한 새로운 개념의 고독이었다.

다만 그 크기가 크기인 만큼 상대방의 몸에는 별다른 영향을 미치지 않는다는 게 문제였다.

따라서 보통 고독 하면 떠올릴 법한, 인체와 정신을 파괴하는 공격은 불가능했다.

단점은 그뿐만이 아니었다.

체내에서 존재할 수 있는 시간도 반각이 채 안 됐던 것이다.

그러나 지금의 관수원에게 있어 가장 필요한 효능을 지녔다는 것만은 분명했다.

이는 이른바 진리고(眞理蠱)라는 이름을 지닌 고독이었다.

관수원이 내뱉은 진리고는 호흡을 통해 상대방의 몸에 침투한다.

그 자체는 별 영향을 지니지 못했다.

하지만 관수원이 특수한 기운을 발함에 따라 상대방의 기억을 훔쳐낼 수 있었다.

'녀석의 정체를 밝히기에 이보다 좋은 수단도 없으리라.'

놈의 정체와 그 배후를 알아낸 이후엔 곧장 몸을 빼낼 생각이었다.

경공만큼은 혈공마저 능가하는 관수원이었으니, 놈에게서 달아나는 것쯤은 어렵지 않을 터였다.

그는 혈공과는 달랐다.

호승심에 잠겨 애꿎은 목숨을 내거는 바보짓은 하지 않았다.

살아남기만 한다면 한순간의 굴욕쯤은 얼마든지 되갚을 수 있었다.

관수원의 체내에서 생성된 진리고가 밤공기를 타고서 현월의 호흡기로 침투했다.

그것을 확인한 관수원이 내력을 한껏 끌어올려 쌍장을 떨쳤다.

현월의 몸이 주르륵 밀려났다.

약간 무리해서 내력을 끌어낸 보람이 있었다.

그사이 관수원은 진리고를 발동했다.

현월의 지니고 있던 단편적인 기억의 조각들이 그의 머릿속으로 흘러들어 왔다.

그 순간.

“허억!”

관수원은 외마디 비명을 토할 수밖에 없었다.

그가 바란 기억은 암황, 나아가 암천비류공에 관한 것이었다.

진리고의 이점 중 하나는 바로 주인이 원하는 정보를 취사선택하여 훔쳐 올 수 있다는 점이었다.

그리고 그 성질대로라면, 현월의 기억 중 일부만이 전달되어야만 했다.

그런데 그게 아니었다.

그의 머릿속으로 쏟아져 들어오는 것은 장장 이십여 년에 걸친 기억이었다.

녹림도에 의해 가족과 터전을 잃은 청년.

그런 그를 거두어들인 유설태.

유설태에게서 건네받은 암천비류공의 비급.

그가 훗날 암제라 불리게 되는 것까지.

한 사람의 인생이 고스란히 담겨 있었다.

그 어마어마한 정보의 격류는 관수원의 머릿속을 온통 헤집어 놓았다.

"크으윽!"

관수원이 머리를 움켜쥐고는 신음했다.

이런 상황은 그로서도 미처 예기치 못한 것이었다.

계책을 쓰려 했던 것이 도리어 자충수가 되어 돌아와 버렸다.

현월은 왜 관수원이 저러는지 알지 못했다.

그러나 그의 입에서 흘러나오는 목소리를 듣고는 대번에 상황을 파악했다.

"혀, 현월……."

"내 머릿속을 읽었군. 그것도 혈교의 방술 중에 하나인가?"

"크윽……."

"하지만 뭔가 문제 생긴 모양이군. 나로서는 아무래도 좋은 일이지만."

"네, 네놈은 대체……."

촤라라락!

현월의 오른손을 타고 흑색 검강이 검신을 휘감았다.

관수원이 대처하려 했으나 머리가 터질 듯한 격통에 정신을 차리기도 힘들었다.

월령보를 펼쳐 관수원에게로 쇄도한 현월은 어렵잖게 그의 심장에 칼날을 박아 넣었다.

"커흑. 크으으……."

현월의 옷깃을 움켜쥔 관수원이 뇌까렸다.

"너는 정녕… 혈교의 하늘을……."

"말하지 않았던가?"

현월이 칼날을 비틀어 뽑았다.

관수원의 가슴팍에서 시뻘건 피보라가 일었다.

"혈교의 천하를 죽일 거라고."

『암제귀환록』 3권에 계속…